學生寫作
聯想詞林

商務印書館

部分插圖來自 FLICK & CLICK系統圖片。

學生寫作聯想詞林

編著： 王濤　商務印書館編輯部
責編： 陳玉茹　畢琦
出版： 商務印書館（香港）有限公司
香港筲箕灣耀興道 3 號東滙廣場 8 樓
http://www.commercialpress.com.hk
發行： 香港聯合書刊物流有限公司
香港新界荃灣德士古道 220-248 號荃灣工業中心 16 樓
印刷： 中華商務彩色印刷有限公司
香港新界大埔汀麗路 36 號 中華商務印刷大廈
版次： 2024 年 7 月第 8 次印刷

ISBN 978 962 07 1849 6
Printed in Hong Kong

目錄

024 狀態

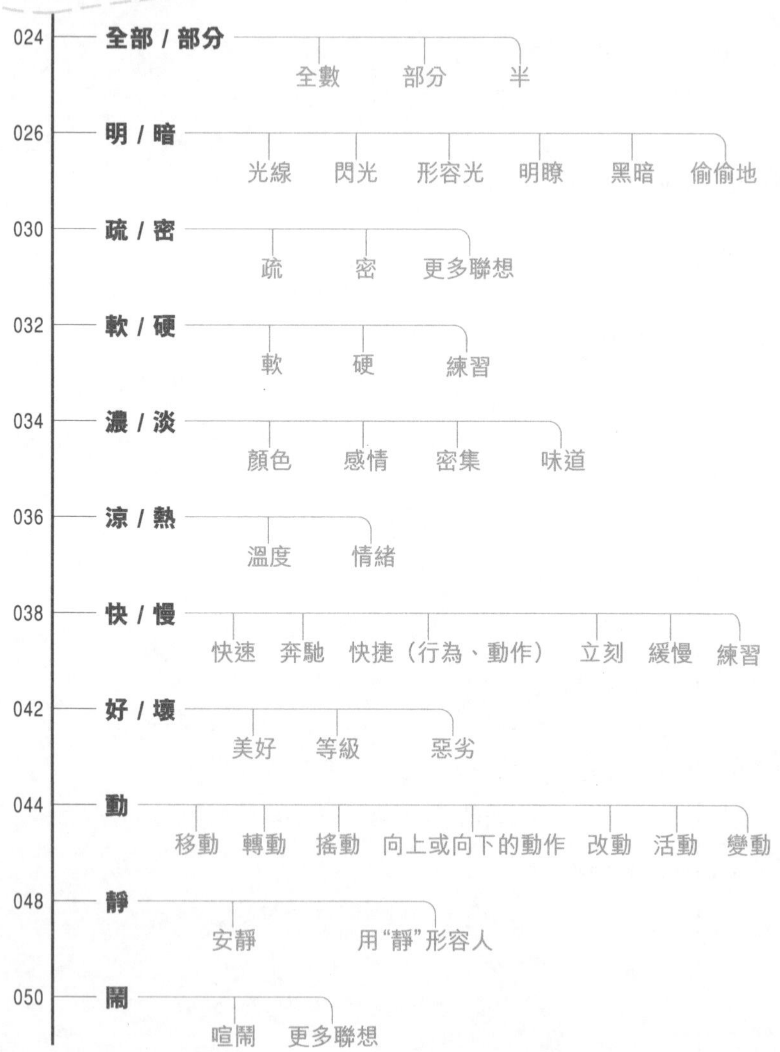

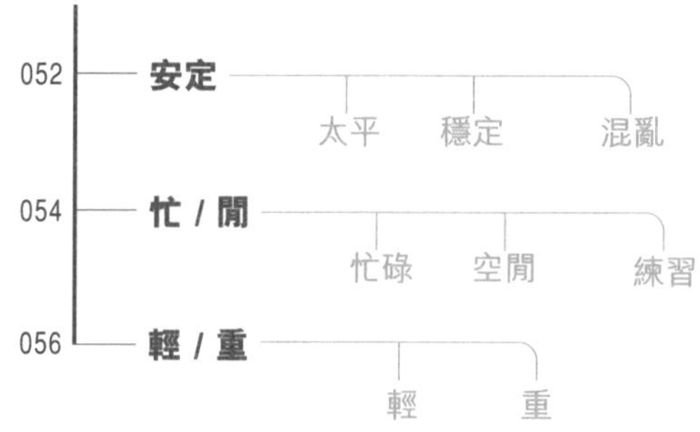

058 形狀・形態

070 自然

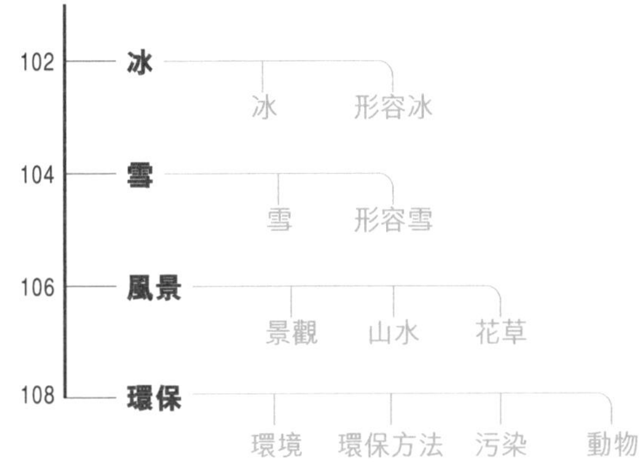

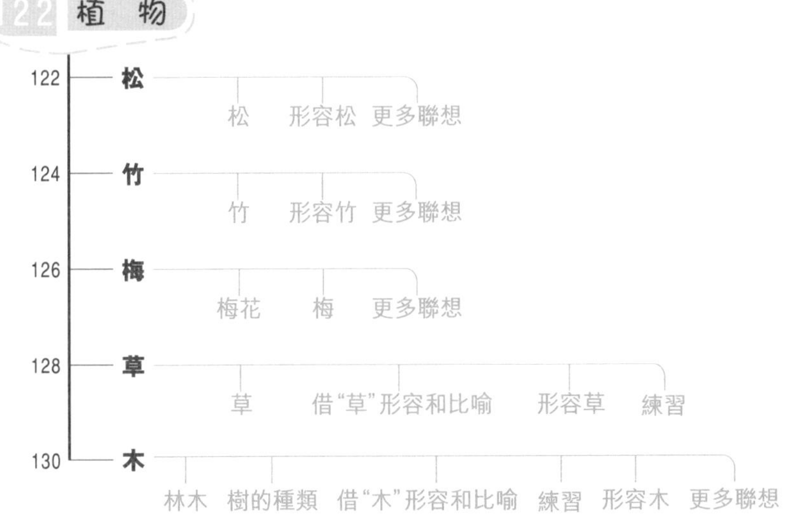

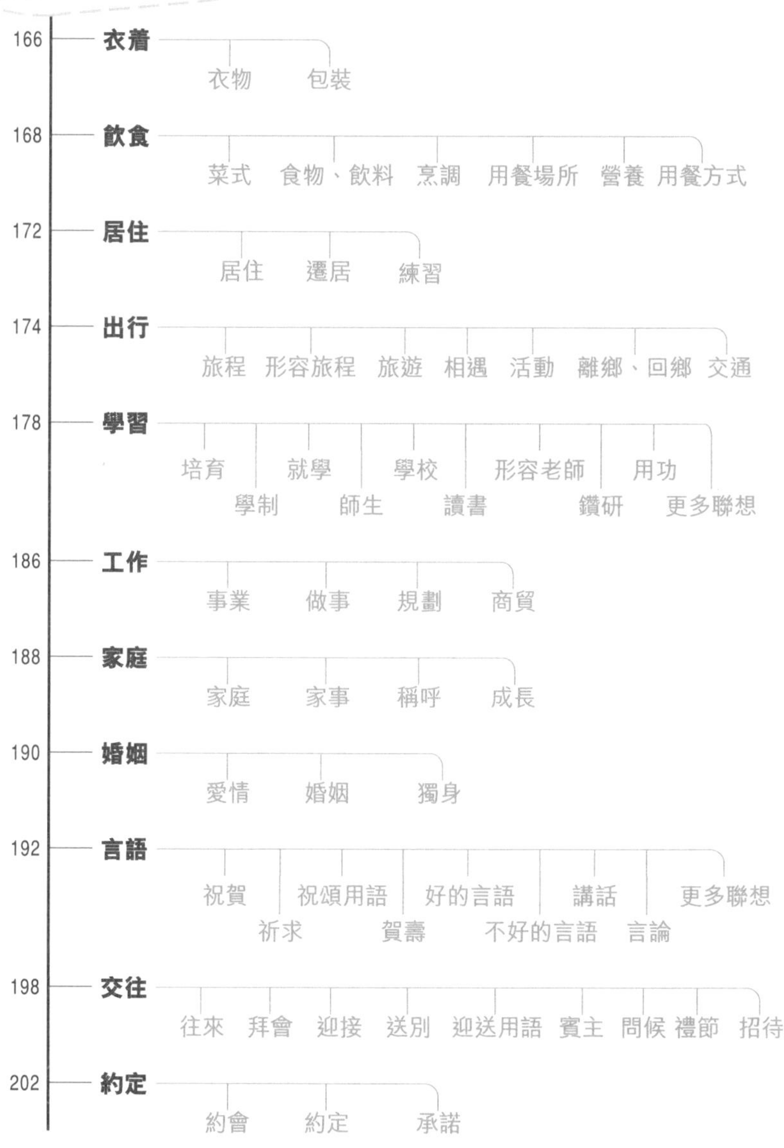
166 生活・社交

230 情感 • 心理

252 能力 • 行為

260 性格・品行

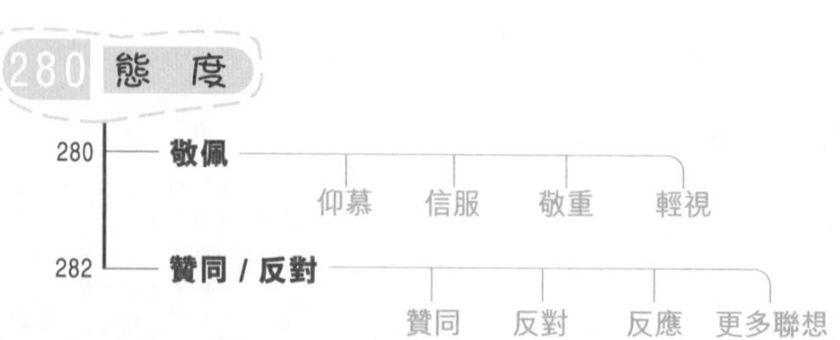

本書使用說明

版面體例及表達方式

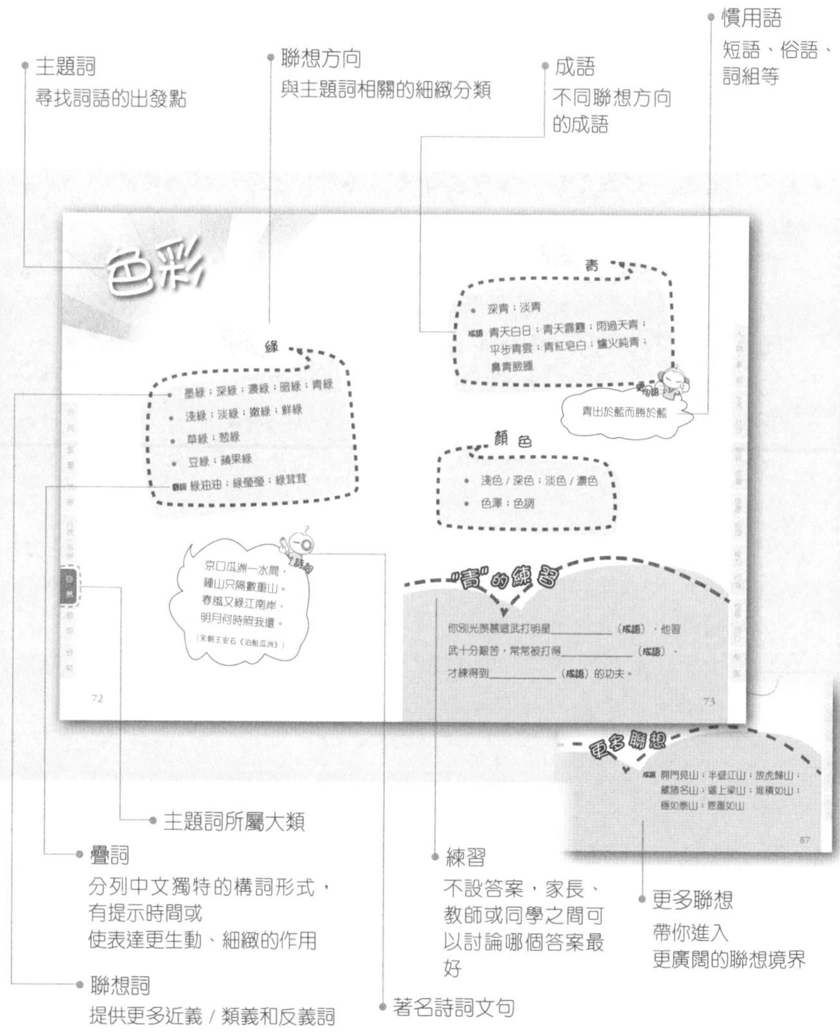

關於寫作的出版說明

面對一個作文題，你有沒有冥思苦想、抓耳撓腮的時候？

也許你需要完成一篇《我愛大自然》的作文，而你還沒想好從何下筆，匆忙中你幾乎記不清曾經被大自然中的哪些景物觸動過。沒關係，翻開這本書吧，在目錄的“分類”裏看一看，是不是有關於“大自然”的類目？果然，你看到有一類就叫“自然”！包含的主題詞可真多呀！有沒有你特別感興趣的呢？或者，你隨便翻閱幾個主題詞的頁面，每個主題詞部分都包含有豐富的內容：成語、疊詞、慣用語甚至詩詞！當你漫步在這些生動的詞句和有趣的插圖間，啊哈，靈感已經一下子被你捕捉到了！

如果你對分類不確定，也可以直接查找主題詞。例如老師佈置的題目是《可怕的天災》或《颱風來了》等等，那麼你可以在主題詞裏找“災”或“風”，是不是一眼就看到了“風”和“災難”？那就直接到內容頁面去看看吧！

你再也不會感到詞彙貧乏、無話可說了吧？

面對一個作文題，你有沒有靈機一動、思如泉湧的時候？

你的腦海裏充滿了各種栩栩如生的形象，你感到有說不完的話，然而就是難以將自己的意思準確地表達出來。

比如說，你想描述某一處的山，它的高大巍峨、連綿起伏給你留下了很深的印象：你寫下“陡峭”，覺得不對；又寫下“青山綠水”，更不對；再用“懸崖峭壁”，左看右看還是覺得不能充分表達自己的意思……到底用哪個詞好呢？還有哪些別的詞語呢？不用急，不用愁，讓這本《學生寫作聯想詞林》助你一臂之力！現在就去“山”的頁面看看吧！……忽然，你指着 “層巒疊嶂”，眼睛一亮，——就是它了！

其實，你不一定要等到寫作文時才想起這本書哦！任何時候，你都可以信手翻來，就像走進得天獨厚的詞語園林：你可以隨心所欲地遊逛，也可以仔細觀察某一棵你感興趣的樹。每一個詞語都像樹上的一片葉子，有自己特異的形態和光芒。賞心悅目的旅程中，你的作文水平正在不知不覺地提高呢！

商務印書館編輯部

時間

時光

- 時分；時辰；時刻；日子；光陰；光景
- 過去；曾經；近來；現在；將來；未來
- 當時；準時；剛才；方才；現在；現代；現時；當代
- 逾期，過期；延時，延期

成語 一刻千金；天荒地老；時過境遷

慣用語

機不可失，時不再來；
少壯不努力，老大徒傷悲

前往第79頁瀏覽更多詞語

時候

- 凌晨；清晨；清早；早晨；晨早；早上；黎明；拂曉；破曉；大清早
- 上午；中午；正午；午間；下午
- 黃昏；傍晚
- 晚上；深夜；午夜；子夜
- 突然；偶然；正巧；一貫；眼前；終生；終身

時間

長短

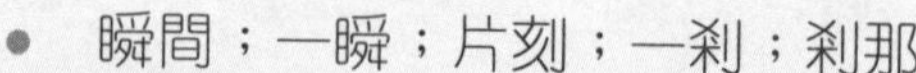

- 瞬間；一瞬；片刻；一剎；剎那
- 臨時；歷來
- 時常；逐漸；逐步

疊詞 常常；漸漸

前後

- 以前；以往；昔日；昔時
- 以後；日後；今後；此後；過後；後來；他日；來日
- 初時；最初；最後

年月日

- 今年；當年；前年；去年；明年；後年
- 本月；當月；上月；下月
- 今日；今天；即日；當日；當天；昨日；昨天；前日；前天；明日；明天；次日；翌日；明朝；後日；後天
- 全日；整日；整天；終日；盡日；半日；半天；半晌；許久；每日；日常；平日；平時；素日

疊詞 日日；天天；月月；年年

成語 十年樹木，百年樹人

成語 一日三秋；一年半載；千秋大業；千載難逢；日新月異

詩詞

去年今日此門中，
人面桃花相映紅。
（唐朝崔護《題都城南莊》）

前往第21頁瀏覽更多詞語

季節

春

- 春天；春日；早春；新春；初春；春末；晚春；暮春；陽春
- 春色；春景；春光
- 春播 / 秋收
- 春花 / 秋月；春風；春雨；春宵
- 楊柳；柳絮

成語 大地回春；春光明媚；春色滿園；春寒料峭，春風送暖；春暖花開，萬紫千紅；鳥語花香；桃花流水；花紅柳綠，桃紅柳綠；秋月春風，春花秋月

春宵一刻值千金，花有清香月有陰。
歌館樓台聲細細，鞦韆院落夜沉沉。

（宋朝蘇軾《春宵》）

暮春三月，江南草長，雜花生樹，羣鶯亂飛。

（南北朝梁代丘遲《與陳伯之書》）

等閒識得東風面，萬紫千紅總是春。

（宋朝朱熹《春日》）

天街小雨潤如酥，草色遙看近卻無。

（唐朝韓愈《初春小雨》）

春色滿園關不住，一枝紅杏出牆來。

（宋朝葉紹翁《遊園不值》）

夏

- 夏季；夏令
- 仲夏
- 初夏；暮夏

熱

- 盛夏；炎夏；炎暑；盛暑；酷暑
- 火熱；炎熱；悶熱；暑熱；酷熱

成語 乍冷乍熱；忽冷忽熱

季節

秋

- 秋天；秋日；早秋；新秋；初秋；秋末；晚秋；深秋；金秋
- 秋色；秋景；秋光
- 秋收 / 春播
- 秋月 / 春花；秋風；秋霜；秋夜
- 楓葉，紅葉

成語 秋高氣爽；秋月春風，春花秋月

詩詞

碧雲天，黃葉地，西風緊，北雁南飛。

（元朝王實甫《西廂記》第四折）

平分秋色一輪滿，長伴雲衢千里明。

（宋朝李樸《中秋》）

寒

- 春寒；輕寒；苦寒；陰寒；嚴寒；酷寒；寒冷；清冷；陰冷
- 寒氣；寒意；寒風

成語 寒來暑往；寒冬臘月；數九寒天；乍暖還寒；歲暮天寒；天寒地凍

成語 寒氣逼人；寒氣襲人；寒風刺骨；寒風凜冽

冬

- 冬季；冬令
- 仲冬
- 嚴冬；寒冬
- 殘冬；晚冬

成語 冬去春來；冬夏常青；冬暖夏涼

更多聯想

- 氣候；時節；節氣

成語 風刀霜劍

成語 汗如雨下；揮汗如雨；大汗淋漓

大中小

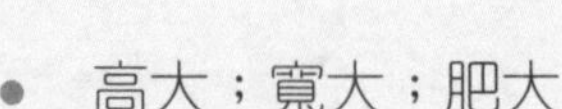

- 高大；寬大；肥大
- 巨大；宏大；龐大
- 遠大；偉大；浩大；廣大

成語 大海撈針；大智若愚；大千世界；大腹便便

成語 碩大無朋

成語 大材小用；小材大用；大呼小叫；
大驚小怪；小題大做

成語 大同小異

中

- 中心；中央；正中
- 當中；個中；適中
- 中間；中途

成語 中流砥柱／不堪造就；
中飽私囊／兩袖清風；
悲從中來／喜出望外；
急中生智／一籌莫展；
無中生有，無稽之談；目中無人，
高傲自大；外強中乾，徒有虛名；
中庸之道，不偏不倚

詩詞

不識廬山真面目，
只緣身在此山中。

（宋朝蘇軾《題西林壁》）

大弦嘈嘈如急雨，小弦切切如私語。
嘈嘈切切錯雜彈，大珠小珠落玉盤。

（唐朝白居易《琵琶行》）

輪台九月風夜吼，一川碎石大如斗，
隨風滿地石亂走。

（唐朝岑參《走馬川行奉送封大夫出師西征》）

大中小

小

- 小巧；小型；細小；微小；細微；幼小；渺小
- 狹小；狹窄；窄小；狹隘
- 小節
- 小看；小視；小氣
- 小聰明；小花招

成語 小心謹慎；小心翼翼；謹小慎微

成語 小鳥依人；小巧玲瓏；小家碧玉

成語 小肚雞腸；小恩小惠；彈丸之地；蠅頭小利；細枝末節；雞毛蒜皮

更多聯想

- 大陸；大地；大話；大而化之
- 中國；中學；中庸
- 小孩；小人；小路；小道消息

多/少

數目多

- 許多；很多；好多
- 眾多；繁多；無數

成語 成千上萬；成千累萬

成語 不計其數；不可勝數；數不勝數

數量大或多

- 大量；大批；大宗；巨量；巨額
- 激增；頻頻；頻繁；剩餘；過多
- 豐盛；豐富；可觀；充沛；充足；充滿；不乏
- 廣泛
- 浪費；濫用

成語 浩如煙海

多少

數目少

- 很少；少許；一些；些微；有限；零星；少數

成語 寥若晨星；屈指可數

詩詞

獨在異鄉為異客，每逢佳節倍思親。
遙知兄弟登高處，遍插茱萸少一人。

（唐朝王維《九月九日憶山東兄弟》）

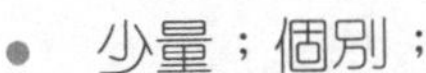

- 少量；個別；
  絲毫；稀少
- 缺少；缺乏；欠缺

成語 寥寥無幾

詩詞

春眠不覺曉，處處聞啼鳥。
夜來風雨聲，花落知多少？

（唐朝孟浩然《春曉》）

以________的人數，盡自己的能力貢獻________的力量，持之以恒地做________________有益的工作，這樣的團體現在真是______________（成語）。他們這個團體是其中______________（成語）的一個。

高/低

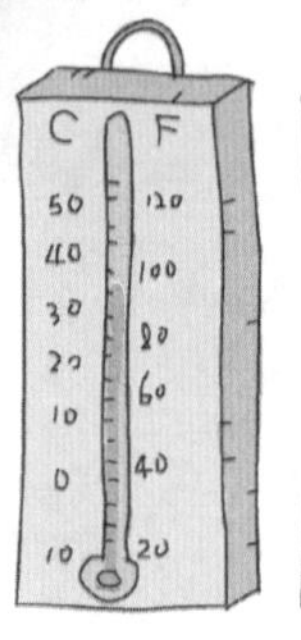
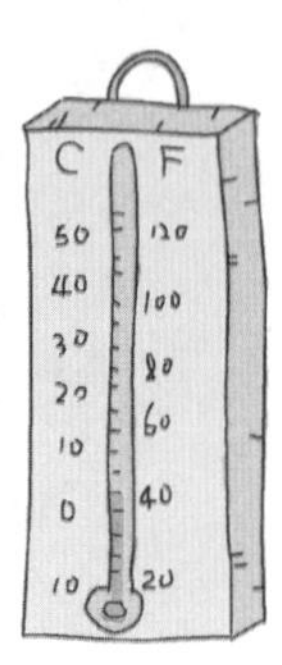

高度

- 高大；高低；高矮
- 高峻；高聳；崇高
- 低下
- 低窪

成語 眼高手低 / 自命不凡

等級

- 高等；高級
- 高貴；尊貴；顯貴；高尚
- 低等；低級
- 低賤；低微；寒微；卑賤

成語 高傲自大 / 目空一切；高不可攀 / 自暴自棄；高高在上 / 低三下四

更多聯想

成語 高談闊論 / 謹言慎行

成語 高枕無憂 / 憂心忡忡；高瞻遠矚 / 鼠目寸光；高屋建瓴 / 勢如破竹

長/短

長度

- 長短；寬窄；高低
- 長度；寬度；幅度；跨度
- 高度；深度；厚度
- 細長；狹長；扁長
- 短小；短途；短視

成語 天高地遠；天各一方

尺有所短，
寸有所長

時間

- 長久；經久；悠久；漫長
- 永久；永恆；永遠
- 片刻；轉眼；剎那；短暫；短促；暫時

成語 天長地久，日久天長；
長年累月，經年累月；
光陰似箭，日月如梭

前往第7頁瀏覽更多詞語

更多聯想

成語 曠日持久，遙遙無期；
夜以繼日，通宵達旦；
來日方長

遠/近

遠

- 遠方／近旁；遠離／靠近
- 遙遠，遼遠；長遠，長久
- 遠眺，遠望；遠見／短視
- 邊遠，邊陲；遠郊／近郊；遠景／近景；遠洋／近海；遠祖／近親

成語 天涯海角，天各一方；千里迢迢，萬水千山

詩詞

朝辭白帝彩雲間，
千里江陵一日還。
兩岸猿聲啼不住，
輕舟已過萬重山。

（唐朝李白《早發白帝城》）

近

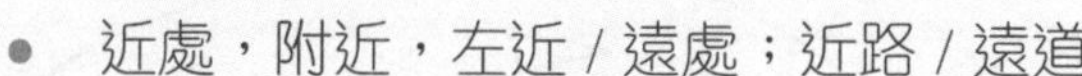

- 近處，附近，左近 / 遠處；近路 / 遠道
- 近期，近日；最近，新近
- 接近 / 疏遠；近似，類似

成語 近在咫尺；捨近求遠，輕重倒置

成語 迫在眉睫

慣用語

近朱者赤，近墨者黑；
近水樓台先得月，向陽花木早逢春

慣用語

遠在天邊，近在眼前；
遠水救不了近火；
站得高，看得遠

全部/部分

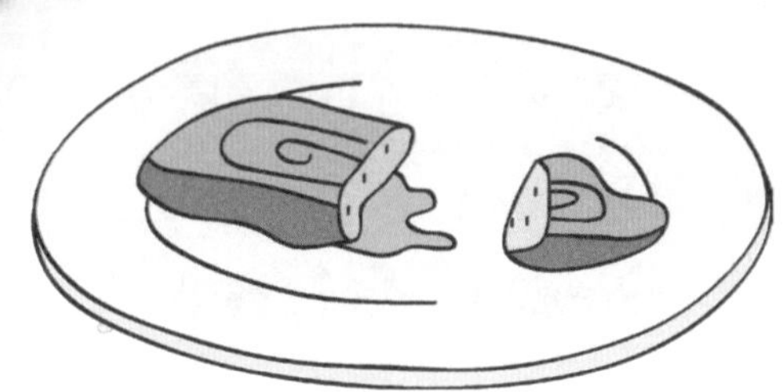

全數

- 所有；一切；全盤；全面；全副；一概
- 全體；整個；整體
- 完全；完整；完備；齊全；齊備

成語 不折不扣 / 七折八扣；百分之百 / 七零八落

成語 盡心盡力 / 挑肥揀瘦；一網打盡 / 漏網之魚

成語 一應俱全 / 丟三落四；面面俱到 / 顧此失彼

成語 一五一十 / 三言兩語；從頭至尾 / 虎頭蛇尾

疊詞 原原本本 / 斷斷續續

部分

- 一些；有些；一點
- 個別
- 局部；片斷

- 半夜；半路；半道；半山腰；半空
- 半價；半斤；半年；半數；半截；半徑
- 半新；半成品；半票；半死
- 半邊；半壁；半島

成語 年過半百；一年半載；半斤八兩

成語 半身不遂

成語 半途而廢

疊詞 半真半假；半推半就；半信半疑

詩詞

千呼萬喚始出來，
猶抱琵琶半遮面。

（唐朝白居易《琵琶行》）

明/暗

光線

- 天光，亮光；日光，月光
- 光芒；光焰，光澤

成語 燈火通明；明火執仗；棄暗投明；明珠暗投

疊詞 亮光光，亮堂堂；麻麻亮，曚曚亮

閃光

- 閃亮，反光；閃爍，閃耀

疊詞 明晃晃，銀閃閃；亮晶晶，亮閃閃；金燦燦，金閃閃；藍晶晶，藍盈盈

形容光

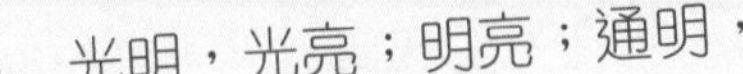

- 光明，光亮；明亮；通明，雪亮；明朗，明快
- 刺目，刺眼；炫目，耀眼
- 輝煌，燦爛；璀璨
- 光潔，皎潔

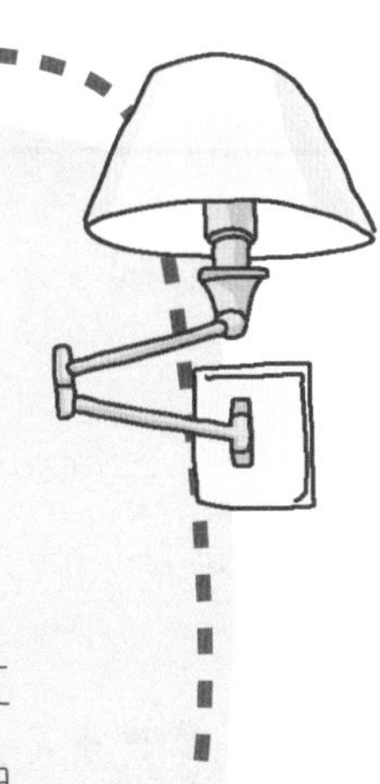

成語 大放光明；光芒四射，光芒萬丈

成語 光輝燦爛，光彩奪目，光彩耀目

明/暗

明 瞭

- 明白；清楚；分明；詳明；明顯，顯明；透明
- 說明，言明；指明，註明

成語 明明白白，明白無誤；明鏡高懸，明察秋毫；明知故犯，明知故問；明爭暗鬥／明哲保身；

成語 明槍暗箭；明正典刑；明來暗往；去向不明

成語 心地光明；明辨是非；光明磊落，光明正大；心明眼亮；一目瞭然

成語 涇渭分明，黑白分明；賞罰分明，愛憎分明

疊詞 明明白白／朦朦朧朧；半明半暗，若明若暗

慣用語

明人不做暗事

黑暗

- 昏黑，墨黑；漆黑，黢黑；烏黑，黝黑
- 暗淡，黯然；昏暗，幽暗；晦暗，陰暗
- 黑天，黑夜

成語 暗淡無光；暗無天日，天昏地暗；一團漆黑，昏天黑地

成語 起早摸黑，起早貪黑

疊詞 黑乎乎，黑茫茫；黑沉沉，昏沉沉；黑漆漆，黑糊糊；黑洞洞，黑茫茫；黑壓壓；黑魆魆，黑黝黝

慣用語 陰一套，陽一套

偷偷地

- 暗中；暗地裏

成語 暗箭傷人；明修棧道，暗度陳倉

疏/密

疏

- 稀疏/密集；疏落/集中；零落/零星
- 疏鬆/堅實
- 疏忽/小心；疏漏/周密
- 疏散，分散

成語 疏忽大意/小心翼翼

疊詞 疏疏落落，稀稀落落；星星點點，零零星星

密

- 稠密／稀少；濃密／稀疏；密集／分散
- 密切，緊密；親密
- 精密／粗糙；
- 秘密／公開；親密／疏遠

成語 鱗次櫛比；星羅棋佈

成語 親疏有別

疊詞 密密麻麻

更多聯想

成語 疏財仗義，樂善好施

成語 雨後春筍；密不可分／四分五裂；密不通風／漏洞百出；緊鑼密鼓／一拖再拖

軟/硬

軟

- 柔軟；綿軟
- 軟弱
- 温和；温存；温柔；柔和；温順
- 軟釘子；軟刀子

成語 以柔克剛；剛柔相濟；
軟硬兼施 / 軟硬不吃

成語 温情脈脈；心慈手軟

疊詞 軟綿綿；軟囊囊

硬

- 堅硬；堅實；堅固；牢固；結實；扎實
- 剛強；堅定
- 倔強；粗暴
- 冰冷；生硬；僵硬

疊詞　硬梆梆；硬崩崩

慣用語

吃軟不吃硬；

吃人家的嘴軟，拿人家的手短；

刀子嘴，豆腐心

她不是個__________的人，但是態度__________，她總想到辦法，讓那蠻不講理的人碰_________。

濃／淡

顏色

- 濃重／素淨，素淡
- 濃妝／淡妝；濃艷／素雅

成語 濃妝艷抹／淡掃娥眉

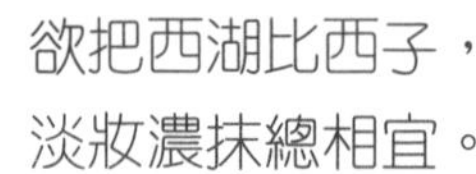

詩詞

欲把西湖比西子，
淡妝濃抹總相宜。

（宋朝蘇軾《飲湖上初晴後雨》）

感情

- 濃厚／淡薄；濃情／薄情；深厚／淺薄

時間 度量 狀態 形狀．形態 自然 動物 植物

密集

- 濃密 / 疏朗
- 濃雲 / 輕雲；濃霧 / 薄霧；濃煙 / 輕煙

味道

- 味濃 / 味淡；濃酒 / 薄酒；濃湯 / 清湯
- 濃烈；濃郁

成語 淡而無味；味同嚼蠟

涼/熱

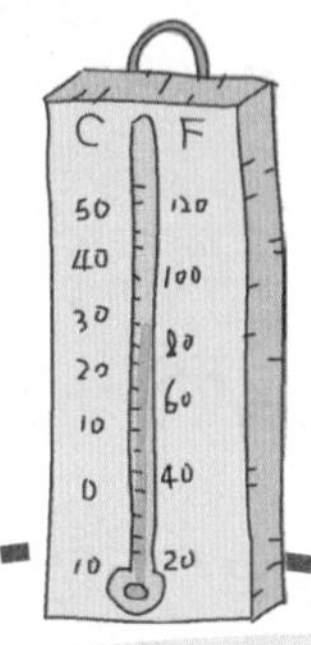

溫度

- 涼快；涼爽；清涼；冰涼
- 輕寒；微寒；清寒；寒冷
- 溫和；溫暖；暖和；和煦
- 悶熱；炎熱；火熱；酷熱；熾熱
- 酷暑 / 嚴冬

成語 秋高氣爽

成語 溫暖如春，四季如春

疊詞 溫吞吞；涼絲絲 / 暖烘烘；
涼颼颼 / 熱乎乎；冷森森 / 暖洋洋

情緒

- 寒心；心涼；失望；灰心
- 熱心；熱情；熱血；熱忱；熱烈；熱望；熱切
- 激動；衝動；興奮
- 冷漠；冷淡

成語 世態炎涼，冷暖自知

成語 冷若冰霜；冷言冷語；冷酷無情；心狠手辣

詩詞

江南有丹橘，
經冬猶綠林。
豈伊地氣暖，
自有歲寒心。

（唐朝張九齡《感遇》）

快/慢

快速

- 火速，神速；全速，高速；迅速，疾速；飛速，飛快
- 急速，急遽

成語 一日千里，日行千里；一瀉千里，急轉直下

成語 一蹴而就，一揮而就

成語 光陰似箭，日月如梭

成語 乘龍快婿

成語 風馳電掣

慣用語 迅雷不及掩耳

奔馳

- 奔跑，奔騰；飛跑，飛奔；飛馳，飛騰；疾馳，狂奔

成語 馬不停蹄；萬馬奔騰

快捷（行為、動作）

- 敏捷；快當；利落；輕捷；靈巧；靈敏；矯健；迅捷；靈活；靈便

成語 眼明手快，手疾眼快；快馬加鞭

慣用語

手勤腳快

快/慢

立刻

- 立時，立即；即時，即刻；當下，當即；馬上，迅即；旋即，隨即
- 趕快，趕緊；儘早，儘快

慣用語

趕早不趕晚；趕前不趕後

緩慢

- 徐緩，遲緩

成語 老牛破車，蝸行牛步；慢條斯理，慢手慢腳；刻不容緩；姍姍來遲

疊詞 慢慢，緩緩；徐徐，冉冉；姍姍，款款；慢吞吞；慢騰騰；慢悠悠；慢慢吞吞；慢慢騰騰；慢慢悠悠

穿花蛺蝶深深見，
點水蜻蜓款款飛。

（唐朝杜甫《曲江》）

"文刻"的練習

我看你還是________回家為好，放煙花節目______就要開始，快要封路了，你______就走，還可以趕得及最後一班車。

好/壞

美好

- 美妙；絕妙
- 精美；精妙；精彩；精緻
- 巧妙；微妙；奇妙；精巧；精細；細緻；別致

成語 好事多磨，一波三折；盡善盡美/一無是處；錦上添花/雪中送炭；花好月圓，人壽年豐；鳥語花香，花團錦簇；才貌雙全，德才兼備

等級

- 高級；優等；高等；良好；優良；精良
- 優秀；優異；優越；出色
- 低級；劣等；低等
- 低劣；拙劣；糟糕；遜色；粗劣

成語 出類拔萃，百裏挑一

惡劣

- 卑劣；卑鄙
- 壞心；惡意；惡毒
- 惡名；惡棍；惡魔；無賴；歹徒；元兇
- 惡感

成語 居心叵測；臭名遠播

動

移動

- 推動，挪動；搬動，觸動
- 移動；蠕動；滑動；牽動
- 爬行；滑行

轉動

- 運轉，運行
- 盤旋，迴旋；轉動，旋轉
- 攪動
- 翻滾，翻轉
- 扭轉；倒轉

搖動

- 擺動，搖擺；搖盪，搖晃；飄擺，飄搖
- 跳動，波動；搖動，撥動；震動，振動；震盪，動盪；震撼，撼動；抖動，晃動；顫動，顫抖；蕩漾，起伏

向上或向下的動作

- 上升，回升；攀登，攀緣
- 降低，降落；下降，下落；下垂，低垂
- 散落，飄落；墜落，跌落
- 倒塌，坍塌

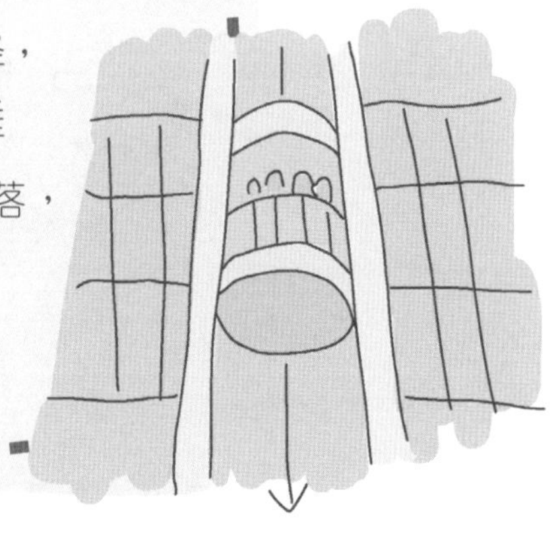

改動

- 改成，改為；改動，更動
- 更改；更換；改換；掉換
- 交換，替換；交替，更迭

成語 改頭換面，改弦易轍

成語 朝令夕改，朝三暮四

成語 面目全非 / 面目一新

活動

- 激烈；劇烈
- 跳躍；活躍
- 活力；精力

變動

- 變化；蛻化；變動，變更；變成，變為
- 變遷；演變；變幻
- 變換；轉變，轉換
- 變樣，走樣；變臉，變色
- 劇變，突變

成語 變幻無常，變化無常；變幻莫測，
變化多端；千變萬化，天翻地覆；
風雲變幻，風起雲湧；時過境遷；
萬象更新；瞬息萬變，日新月異

成語（形容情況）急轉直下 / 漸入佳境

成語 潛移默化；判若兩人；搖身一變，
說變就變；煥然一新；今非昔比

成語 與日俱增；與時俱進

慣用語

滄海變桑田；以不變應萬變；
此一時，彼一時；天有不測風
雲，人有旦夕禍福

靜

安靜

- 清靜；寧靜；寂靜
- 沉靜；沉寂；冷寂；幽寂；死寂
- 幽靜；雅靜；清幽；幽深
- 肅靜；冷清；僻靜
- 靜止

成語 悄無聲息，寂無一人；寂靜無聲，鴉雀無聲

成語 更深夜靜；夜深人靜，夜闌人靜

成語 萬籟俱靜，萬籟俱寂

疊詞 靜悄悄；靜幽幽；靜悠悠；寂寂

慣用語

一動不如一靜；樹欲靜而風不止

時間 度量 狀態 形狀·形態 自然 動物 植物

用"靜"形容人

- 恬靜；温靜；柔靜；淡靜；嫻靜
- 平靜；靜默；鎮靜

成語 平心靜氣；屏息靜氣；
沉默寡言；故作鎮靜

成語 寧靜致遠

成語 靜若處子，動若脫兔

詩詞

夫君子之行，靜以修身，
儉以養德，非澹泊無以明
志，非寧靜無以致遠。

（三國諸葛亮《誡子篇》）

鬧

喧鬧

- 吵鬧；喧嘩；喧囂；喧嚷
- 熱鬧；繁華；嘈雜
- 鬧哄；鬧騰；沸騰

成語 人來人往；戶限為穿；川流不息；車水馬龍；熙熙攘攘，熙來攘往；絡繹不絕

成語 熱火朝天；人歡馬叫；張燈結綵；鑼鼓喧天；敲鑼打鼓；載歌載舞

成語 人山人海；人聲鼎沸；成羣結隊；熱氣騰騰；門庭若市；萬人空巷；沸沸揚揚；鬧鬧嚷嚷

疊詞 鬧哄哄；鬧嚷嚷；亂哄哄；吹吹打打

天下熙熙，皆為利來；
天下攘攘，皆為利往。

（漢朝司馬遷《史記•貨殖列傳》）

亂哄哄你方唱罷我登場，
反認他鄉是故鄉。

（清朝曹雪芹《紅樓夢》第一回）

- 鬧彆扭；鬧情緒；鬧意見；鬧矛盾
- 鬧鬼；鬧饑荒；鬧笑話
- 鬧革命；鬧事；鬧亂子
- 鬧明白；鬧清楚；鬧翻
- 鬧鐘；鬧鈴

慣用語

孫悟空大鬧天宮

安定

太平

- 安寧；和平
- 和諧；和睦

成語 天下太平；太平盛世；國泰民安

成語 家給人足；路不拾遺；歌舞昇平；弊絕風清

詩詞

紛紛紅紫已成塵，
布穀聲中夏令新。
夾路桑麻行不盡，
始知身是太平人。

（宋朝陸游《初夏絕句》）

時間 度量 狀態 形狀·形態 自然 動物 植物

穩 定

- 平穩
- 紛亂；紛擾；荒亂；戰亂；
  動亂，動盪；暴亂；騷亂

成語 安如泰山；安然無恙

成語 風雨飄搖；民不聊生；兵荒馬亂

混 亂

- 凌亂 / 整齊
- 混雜
- 混淆 / 澄清

成語 雜亂無章 / 有條有理；亂七八糟，烏七八糟

成語 混淆是非，混淆黑白 / 黑白分明

成語 天下大亂；亂作一團

疊詞 亂哄哄；亂糟糟

忙/閒

忙碌

- 連忙，急忙；匆忙，匆促；匆匆，匆促
- 空忙，瞎忙；繁忙，奔忙；忙亂，慌忙；倉促，倉猝

成語 起早摸黑，披星戴月；通宵達旦，夜以繼日

成語 日不暇給，應接不暇；忙手忙腳；疲於奔命，四處奔波

成語 日理萬機，事必躬親

疊詞 匆匆忙忙，急急忙忙；忙忙碌碌；行色匆匆，神色匆匆；風塵僕僕，僕僕風塵

空閒

- 休閒，得閒；安閒，清閒；消閒，輕閒；悠閒，舒閒；閒在，閒散；閒適，閒逸；閒暇；閒談

成語　閒情逸致；優遊自在；忙裏偷閒

成語　無所事事；遊手好閒

為了應付考試，他每天都＿＿＿＿＿＿＿（成語）地溫習，考試前一晚更＿＿＿＿＿＿（成語）地準備，不料第二天睡過頭，＿＿＿＿叫計程車去考場，＿＿＿＿之間，忘記了帶證件。

輕/重

輕

- 輕微；微弱；輕柔；輕盈
- 輕易；輕鬆；輕快
- 輕浮；輕薄；輕狂
- 輕巧；迷你
- 輕視；輕蔑；看輕；輕生

成語 舉足輕重；掂輕怕重

成語 輕車熟路；輕而易舉；輕舉妄動；輕歌曼舞

疊詞 輕輕；輕手輕腳；輕言輕語

重

- 重視；注重；着重；鄭重；珍重；保重；慎重；注意；留心；留意；尊重
- 重要；首要；重大；主要；隆重；嚴重；貴重；莊嚴；徹底
- 要點；重點；樞紐；重任；責任；重量；分量
- 笨重；沉重

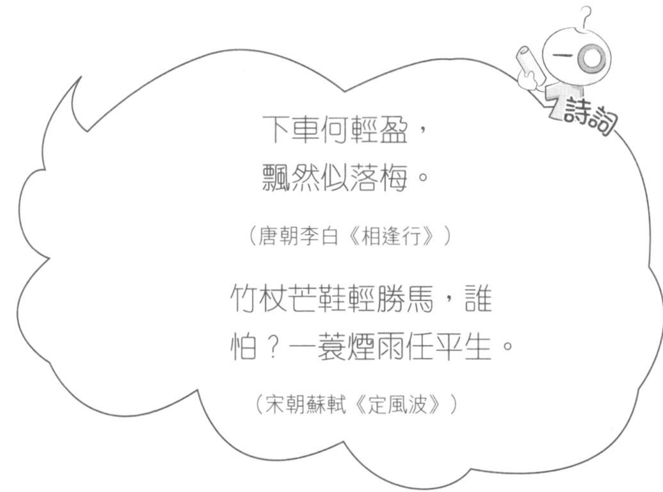

下車何輕盈，
飄然似落梅。

（唐朝李白《相逢行》）

竹杖芒鞋輕勝馬，誰
怕？一蓑煙雨任平生。

（宋朝蘇軾《定風波》）

方

方形

- 正方形；長方形；立方形；菱形；三角形；多邊形；幾何圖形
- 大方；方正
- 端正；端方 / 歪斜

疊詞 方方正正 / 歪歪斜斜；端端正正 / 歪歪扭扭；大大方方

正直

- 公正；正派；純正；廉正
- 正義

成語 方正不阿 / 歪門邪道

前往第67頁瀏覽更多詞語

方向

- 前方；後方；東方；西方；遠方
- 去向；走向；風向；朝向；趨向

方面

- 正面；方面
- 單方；對方；雙方
- 地方；官方

成語 面面俱到

疊詞 方方面面

更多聯想

成語 落落大方；舉止大方／貽笑大方

成語 正人君子／衣冠禽獸

疊詞 扭扭捏捏

圓

圓形

- 圓心；圓柱；半圓；橢圓
- 渾圓；滾圓

完美

- 圓滿；完好；完滿；完善

成語 十全十美 / 一無是處；完好無損 / 殘缺不全

時間 度量 狀態 形狀·形態 自然 動物 植物

圓滑

- 圓通；靈活
- 狡猾；世故

成語 八面玲瓏；隨機應變；見風使舵

成語 圓頭圓腦；滑頭滑腦

詩詞

人有悲歡離合，月有陰晴圓缺，此事古難全。

（宋朝蘇軾《水調歌頭》）

- 圓夢；圓場；圓謊

成語 自圓其說 / 漏洞百出

成語 破鏡重圓 / 覆水難收

孔

孔穴

- 孔；穴；鼻孔；瞳孔；毛孔；心孔；眼孔；氣孔

成語 空穴來風 / 事出有因；無孔不入

更多聯想

- 孔方兄；胃穿孔
- 孔隙；孔眼；孔竅

成語 一孔之見；一孔不達

洞穴

- 山洞；岩洞；地洞；地道；坑洞；窰洞
- 洞府；洞房
- 洞穿

成語 洞天福地；引蛇出洞

成語 門戶洞開

空洞

成語 空洞無物

疊詞 空空洞洞

列缺霹靂，丘巒崩摧，
洞天石扇，訇然中開。

（唐朝李白《夢遊天姥吟留別》）

桃花盡日隨流水，
洞在清溪何處邊。

（唐朝張旭《桃花溪》）

透徹

- 洞察；洞見；洞悉

成語 洞若觀火

慣用語

世事洞明皆學問，
人情練達即文章

縫

漏

- 漏光；漏風；漏電；漏水
- 漏斗；漏壺；漏勺
- 漏洞
- 漏稅；漏網；洩漏

慣用語

屋漏偏逢連夜雨

詩詞

早歲文章供世用，
中年禪味疑天縱。
石塔成時無一縫，
誰與共？
人間天上隨他送！

（宋朝蘇轍《漁家傲》）

縫隙

- 夾縫；裂縫；縫子
- 空隙
- 門縫

成語 天衣無縫 / 無懈可擊；嚴絲合縫 / 見縫插針

中國的建築方法很奇妙，不用釘，就能造出木房子，

而且______之間，______很小，那種____________

（成語）的程度，真可以說____________（成語）。

正/斜

方向

- 正面；正門；正房；正廳
- 斜面；偏斜；傾斜；歪斜
- 正對；斜對
- 正午；斜陽

正方

- 正方形；四方形
- 見方

疊詞 四四方方；方方正正

正直

- 正派；剛正；剛直
- 正義；公道
- 正軌；正道

前往第58頁瀏覽更多詞語

詩詞

炎炎日正午，灼灼火俱燃。

（唐朝韋應物《夏花明》）

過盡千帆皆不是，
斜暉脈脈水悠悠。

（唐朝溫庭筠《夢江南》）

更多聯想

- 正式；正當
- 正在；正當；正值；時值；當時

曲/直

曲

- 曲折，彎曲；捲曲，蜷曲
- 轉折
- 扭曲；歪曲

成語 峰迴路轉，山重水複

成語 轉彎抹角

疊詞 彎彎曲曲，歪歪扭扭

直

- 平直，垂直；筆直，筆挺
- 直至，直到
- 直率，直爽；耿直
- 直接；直達；直飛，直航

成語 直來直去，直截了當

平

- 平正 / 歪斜
- 平坦 / 崎嶇 ；平緩 / 陡峭
- 平靜 / 波動 ；平穩 / 動盪 ；平常 / 非常
- 平滑 ；光滑
- 平凡 ；平淡 ；普通 ；尋常

成語 平心靜氣 / 氣急敗壞

成語 平步青雲 / 一落千丈 ；平易近人 / 盛氣凌人 ；平淡無奇 / 非同凡響 ；平白無故 ，無緣無故 ；平地風波 ，突如其來

色彩

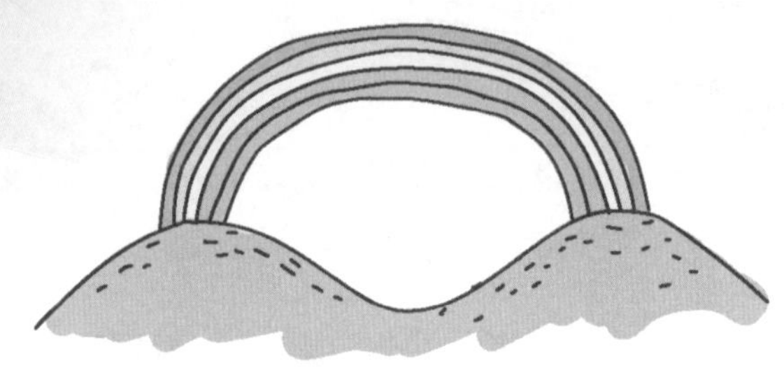

紅

- 正紅；朱紅；大紅；赤色；赤紅；鮮紅；嫣紅
- 深紅；暗紅；紫紅；玫瑰紅
- 桃紅；桃色；粉紅
- 淺紅；淡紅；嫩紅

成語 萬紫千紅

疊詞 紅彤彤；紅通通；紅艷艷；紅撲撲；紅乎乎

黃

- 正黃；深黃；金黃；橘黃；
  橙黃；杏黃；米黃；奶黃；
  淡黃；淺黃；嫩黃

疊詞　黃澄澄；黃燦燦；黃乎乎；
金燦燦；金晃晃

詩詞

一年好景君須記，
最是橙黃橘綠時。

（宋朝蘇軾《贈劉景文》）

藍

- 淡藍；淺藍；蔚藍；
  天藍；品藍；湛藍；
  寶藍；深藍

疊詞　藍瑩瑩；藍晶晶

色彩

綠

- 墨綠；深綠；濃綠；暗綠；青綠
- 淺綠；淡綠；嫩綠；鮮綠
- 草綠；葱綠
- 豆綠；蘋果綠

疊詞 綠油油；綠瑩瑩；綠茸茸

詩詞

京口瓜洲一水間，
鍾山只隔數重山。
春風又綠江南岸，
明月何時照我還。
（宋朝王安石《泊船瓜洲》）

青

- 深青；淡青

成語 青天白日；青天霹靂；雨過天青；平步青雲；青紅皂白；爐火純青；鼻青臉腫

慣用語

青出於藍而勝於藍

顏色

- 淺色 / 深色；淡色 / 濃色
- 色澤；色調

"青"的練習

你別光羨慕這武打明星＿＿＿＿＿＿（成語），他習武十分艱苦，常常被打得＿＿＿＿＿＿（成語），才練得到＿＿＿＿＿＿（成語）的功夫。

天/地

天空

- 青天/白日；天上；天宇；九天；天幕；上蒼，蒼天；碧空，碧落；長空；雲天，雲霄；星空；晴空
- 天際；天邊

成語 天南地北；天上人間；繁星滿天

慣用語

撥開雲霧見青天；

上天無路，入地無門

大地

- 土地；田地；田野；原野；草原；山脈；火山；山地；高原；台地；平原；荒漠；沙漠；綠洲
- 江；河；川；水；溪；三角洲；湖；澤；淀；沼澤；濕地
- 洞穴；岩洞；溶洞
- 陸地；地面；地下；地形；地勢；地貌

成語 不毛之地；地大物博；地廣人稀

成語 日月經天，江河行地

敕勒川，陰山下，天似穹廬，籠蓋四野。
天蒼蒼，野茫茫，風吹草低見牛羊。

（北朝樂府《敕勒歌》）

故人西辭黃鶴樓，煙花三月下揚州。
孤帆遠影碧空盡，唯見長江天際流。

（唐朝李白《送孟浩然之廣陵》）

上窮碧落下黃泉，兩處茫茫皆不見。

（唐朝白居易《長恨歌》）

天/地

島

- 半島；列島；羣島
- 珊瑚島；火山島
- 礁石；暗礁；珊瑚礁

詩詞

島花開灼灼，汀柳細依依。

（唐朝李白《送客歸吳》）

蜂蝶去紛紛，香風隔岸聞。
欲知花島處，水上覓紅雲。

（唐朝韓愈《花島》）

海

- 海洋；汪洋；海水；
  海面；海域；海灣
- 海岸；海濱；海島
- 深藍；碧波；白浪

成語 天南海北；天崖海角；
海闊天空；山盟海誓

前往第92頁瀏覽更多詞語

成語 改天換地；開天闢地；地老天荒；
鋪天蓋地；幕天席地；人傑地靈；
別有天地

太陽

- 旭日；朝日；紅日；朝陽
- 落日；夕陽；殘陽；斜陽
- 烈日；赤日

成語 旭日東升，噴薄欲出；日上三竿，日高三丈

成語 赤日炎炎，烈日炎炎

詩詞

赤日炎炎似火燒，野田禾稻半枯焦。
農夫心內如湯煮，公子王孫把扇搖。

（古代歌謠《苦熱歌》）

大漠孤煙直，長河落日圓。

（唐朝王維《使至塞上》）

夕陽無限好，只是近黃昏。

（唐朝李商隱《登樂遊原》）

時間 度量 狀態 形狀·形態 自然 動物 植物

陽光

- 晨光；晨曦；曙光
- 夕照；晚照；返照；斜照；餘暉
- 日色；天色；天光
- 照耀

光照

- 日光；光輝；光華；光環
- 影子；陰影；倒影

時間

- 日夜，早晚；朝夕，旦夕；白天，白晝；夜晚，夜間

前往第4頁瀏覽更多詞語

更多聯想

成語　光天化日，大庭廣眾；暗無天日，昏天黑地；日暮途窮，日薄西山；指天誓日，山盟海誓；偷天換日，偷樑換柱

月亮

- 月暈；殘月；滿月；圓月；新月；秋月
- 嫦娥；玉兔；桂樹
- 月下老人

成語 風花雪月，花朝月夕；鏡花水月，海底撈月；花容月貌，閉月羞花；花前月下，良辰美景

慣用語

月暈而風，礎潤而雨

詩詞

但願人長久，千里共嬋娟。

（宋朝蘇軾《水調歌頭》）

月光

- 明月
- 月夜；月光；月色

成語 皓月當空，月明如鏡；清風明月，風清月朗；月明星稀 / 眾星拱月

牀前明月光，疑是地上霜。
舉頭望明月，低頭思故鄉。

（唐朝李白《靜夜思》）

詩詞

時間

- 歲月；年月

成語 蹉跎歲月，虛度年華；成年累月 / 一時半刻；日積月累，積少成多

星辰

星斗

- 牛郎星，牽牛星；織女星；七夕
- 銀河，銀漢
- 星星；星光

成語 月明星稀；滿天星斗；斗轉星移；物換星移；眾星拱月；吉星高照；寥若晨星；星羅棋佈；披星戴月

詩詞

纖雲弄巧，飛星傳恨，銀漢迢迢暗度。金風玉露一相逢，便勝卻人間無數。柔情似水，佳期如夢，忍顧鵲橋歸路。兩情若是久長時，又豈在朝朝暮暮！

（宋朝秦觀《鵲橋仙》）

天體

- 太陽；地球；月球；水星；金星；火星；木星；土星；天王星；海王星；小行星；自轉；公轉
- 衞星；行星；光環；彗星，掃帚星；流星，隕石；流星雨，隕石雨
- 星雲；星團；星系；太陽系；銀河系；河外星系
- 星座；星宿

成語　一星半點

疊詞　星星點點

詩詞

人生不相見，動如參與商。
今夕復何夕，共此燈燭光。

（唐朝杜甫《贈衞八處士》）

朱雀橋邊野草花，烏衣巷口夕陽斜。舊時王謝堂前燕，飛入尋常百姓家。

（唐朝劉禹錫《烏衣巷》）

山

遠看山

- 山脈；山巒；山嶺；山嶽

山中行

- 崎嶇，坎坷

成語 怪石嶙峋，奇形怪狀

成語 曲折迂迴，峰迴路轉；凹凸不平，崎嶇不平

山的種類

- 石山；土山；雪山；
  火山；冰山
- 青山 / 荒山

成語　青山綠水 / 荒山野嶺

形容山

- 高聳，高峻；聳立，壁立；矗立，峙立
- 陡峭，峻峭；巍峨，崢嶸
- 綿延，綿亙；連綿；蜿蜒，逶迤；盤曲，環抱
- 青翠，青綠；葱翠，葱綠
- 深山；遠山

成語　崇山峻嶺；高聳入雲

成語　懸崖峭壁，壁立千仞

成語　羣山環抱；連綿不斷，綿綿不斷

成語　千岩萬壑，千山萬壑；重山峻嶺，層巒疊嶂

疊詞　綿綿

山體各部

- 山峰；主峰；高峰；頂峰
- 山頂；山巔；山腰；山腳；山麓
- 山脊；山梁；山嘴；山口
- 山陵；山丘；丘陵；山崗
- 高坡；斜坡；緩坡；陡坡

山崖

- 斷崖；懸崖
- 峭壁

山谷

- 幽谷；深谷；峽谷
- 溪澗；山澗

成語 深山密林，密林幽谷

成語 山高水低；山高水長

山高皇帝遠；
山外有山，天外有天；
江山易改，秉性難移

詩詞

山外青山樓外樓，
西湖歌舞幾時休。
暖風熏得遊人醉，
直把杭州作汴州。

（宋朝林升《題臨安邸》）

成語 開門見山；半壁江山；放虎歸山；藏諸名山；逼上梁山；堆積如山；穩如泰山；恩重如山

水

流水

- 泉水；河水；江水；活水；死水；地下水；瀑布；漩渦
- 上游，中游，下游；幹流，支流
- 急流，激流；洪流
- 順流 / 逆流；分流，截流，斷流

泉水

- 甘泉；溫泉；礦泉；泉眼
- 噴泉；湧泉

溪水

- 小溪；清溪；溪流；溪澗

江河

- 水源；河源；源頭；源泉；發源地
- 河流；河川；小河；大河；長河；大江
- 內河；內陸河；暗河
- 河岸；河堤；河牀；河道；河灘；河口

水流

- 平緩
- 湍急；奔流；湧流；奔湧；奔瀉；奔騰
- 咆哮；翻滾；翻騰

成語 波翻浪湧

疊詞 靜靜；涓涓；潺潺；緩緩；滾滾

水

水勢

- 滔天；洶湧
- 泛濫 / 乾涸；浩蕩 / 枯竭

成語 洶湧澎湃

成語 一瀉千里

疊詞 茫茫；滔滔

更多聯想

成語 細水長流；
付諸東流；
不塞不流；
投鞭斷流

慣用語

落花有意，
流水無情

時間 度量 狀態 形狀、形態 自然 動物 植物

水質

- 清淨；清澈；清澄；明淨
- 渾黃；渾濁；污濁

成語 清澈見底

疊詞 清清

日照香爐生紫煙，遙望瀑布掛前川。
飛流直下三千尺，疑是銀河落九天。

（唐朝李白《望廬山瀑布》）

大江東去，浪淘盡，千古風流人物。

（宋朝蘇軾《念奴嬌》）

海洋

海

- 大洋；重洋；遠洋
- 海牀
- 內海，領海；公海
- 海灣

成語 滄海一粟，滄海遺珠；滄海桑田，滄海橫流；汪洋大海，百川歸海

慣用語

海闊憑魚躍，
天高任鳥飛。

詩詞

滄海月明珠有淚，
藍田日暖玉生煙。

（唐朝李商隱《錦瑟》）

前往第77頁瀏覽更多詞語

潮浪

- 潮水，潮汐；潮流，潮位；落潮，退潮；漲潮，潮汛
- 海浪；海流，洋流；暗流；寒流 / 暖流
- 大浪；巨浪；怒濤

成語 巨浪滔天；大風大浪；風高浪急 / 風平浪靜；波濤洶湧；驚濤駭浪 / 波瀾不驚；波瀾壯闊；洶湧澎湃

形容海

- 浩瀚；洶湧

成語 無邊無際；瞬息萬變；煙波浩渺；海天一色

疊詞 茫茫；浩浩蕩蕩

海洋

借"海"形容和比喻

- 人海；火海；血海；雲海；學海
- 苦海；腦海

成語 人山人海；文山會海；情深似海；侯門似海；浩如煙海；如墮煙海

成語 海誓山盟

成語 排山倒海，翻江倒海

君不見黃河之水天上來，
奔流到海不復回。

（唐朝李白《將進酒》）

成語 泥牛入海，石沉大海

慣用語

書山有路勤為徑，
學海無涯苦作舟

雨

雨水

- 雨珠；雨絲
- 山雨；（黃）梅雨；雨量；雨季
- 甘雨，甘霖；及時雨
- 露水；露珠

詩

溪雲初起日沉閣，
山雨欲來風滿樓。

（唐朝許渾《咸陽城東樓》）

氣象

- 小雨；中雨；大雨；暴雨；陰雨；雷陣雨

成語 雨過天晴；櫛風沐雨，頂風冒雨；風雨同舟；風雨無阻

慣用語

聽見風就是雨；
翻手為雲，覆手為雨；
久旱逢甘霖

形容雨

- 細雨；急雨；驟雨；暴雨
- 零星小雨；毛毛雨
- 煙雨濛濛；微雨瀟瀟；陰雨綿綿；細雨紛紛

成語　和風細雨 / 暴風驟雨；淒風苦雨；大雨滂沱；瓢潑大雨；傾盆大雨

疊詞　刷刷；嘩嘩；瀟瀟；綿綿；淅淅瀝瀝；滴滴嗒嗒

詩詞

清明時節雨紛紛，
路上行人欲斷魂。

（唐朝杜牧《清明》）

"雨水"的練習

近來天旱，不料今天早上起來，見窗上點點________，原來下了一場________。雖然________不多，卻有如久旱________。

雲

雲

- 彩雲；紅雲，彤雲；濃雲，密雲；烏雲，陰雲；浮雲，朵雲
- 雲煙，風雲

成語 風雲變幻；風平浪靜；彤雲密佈；萬里無雲

成語 煙消雲散 / 風起雲湧

慣用語

如墮五里霧中；撥開雲霧見青天

霧

- 濃霧，迷霧
- 朦朧；瀰漫

成語 霧裏看花 / 一目瞭然；騰雲駕霧 / 腳踏實地

霞

- 朝霞，早霞；晚霞，落霞；紅霞，丹霞；彩霞；煙霞，煙霧
- 霞光，霞輝

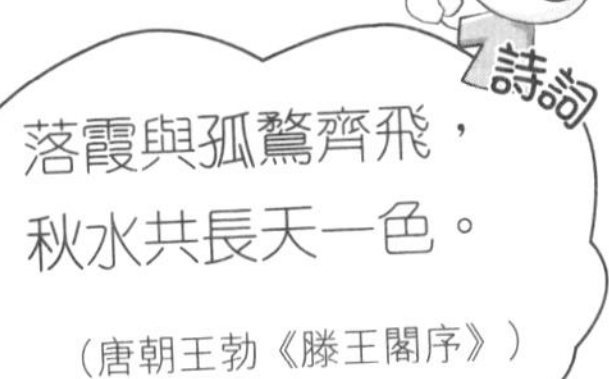

"雲"的練習

颱風來前，不一定________密佈。夕陽會把朵朵________映得特別紅，使天上________________（成語）。

風

風

- 清風／暖風；和風／疾風；涼風／熱風；微風／狂風；冷風／寒風；暴風／颶風
- 上風／下風；春風／秋風；曉風／晚風
- 順風／逆風
- 風浪，風波

成語 風和日麗；風吹雨打；風雨飄搖；風流雲散；風調雨順；風雪交加；風塵僕僕；風餐露宿

成語 春風拂面；春風得意，春風滿面

詩詞

去來固無跡，動息如有情。
日落山水靜，為君起松聲。

（唐朝王勃《詠風》）

時間 度量 狀態 形狀·形態 自然 動物 植物

形容風

- 吹拂；吹動
- 蕭瑟
- 呼嘯；怒號

成語 清風徐來；寒風凜冽；飛沙走石

疊詞 習習；颯颯；獵獵

- 風光

成語 風華正茂 / 風燭殘年

冰

冰

- 冰花；冰柱；冰塊；冰雹
- 冰川；冰山；冰峰；浮冰
- 冰點；冰凍
- 溜冰；滑冰
- 冰雕

成語 滴水成冰；冰消瓦解；渙然冰釋；冷若冰霜；戰戰兢兢，如履薄冰

成語 冰天雪地 / 驕陽似火；滴水成冰 / 揮汗如雨

成語 冰凍三尺，非一日之寒

慣用語 冰炭不相容；水火不相容

形容冰

- 冰涼；冰冷
- 晶亮；透明；明澈
- 凝固；凝結

成語 晶瑩剔透；冰清玉潔

疊詞 涼冰冰；冷冰冰；亮晶晶；冷森森

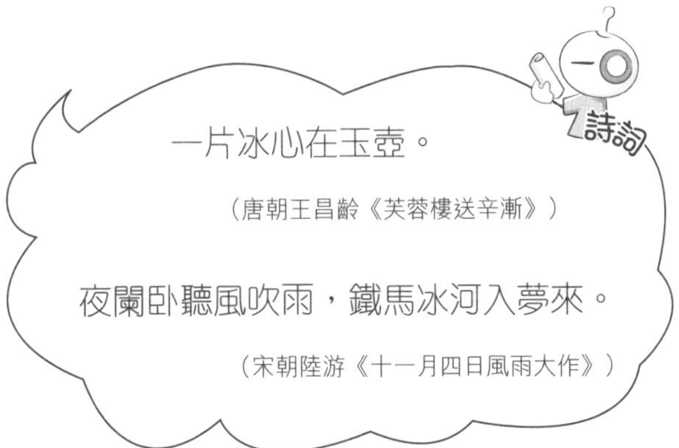

雪

雪

- 風雪；雨雪；霜雪；冰雪；初雪；暴風雪
- 雪片；雪花；雪珠
- 雪景；雪山；雪峰
- 雪崩
- 滑雪

成語 頂風冒雪；雪中送炭／雪上加霜；
冰天雪地；風花雪月；如湯沃雪

慣用語

瑞雪兆豐年

形容雪

- 潔白；銀白；雪白；雪亮；晶瑩
- 飛舞；飄舞；紛飛
- 鵝毛大雪；漫天大雪

疊詞 白茫茫；白晃晃；白皚皚；
飄飄灑灑；紛紛揚揚

窗含西嶺千秋雪，
門泊東吳萬里船。

（唐朝杜甫《絕句四首》）

風景

景觀

- 名勝，古跡；風物，風情；景色，景致；景物，景象；美景，勝景；奇景，幻景
- 春景 / 秋景；夏景 / 冬景；晨景 / 夜景；晚景，暮景
- 山景 / 海景；江景 / 野景；雨景 / 雪景

成語 風花雪月；風景如畫；氣象萬千；良辰美景

成語 即景生情；觸景生情；情景交融

山水

成語 山光水色；山明水秀；山重水複，峰迴路轉；名山大川；青山綠水 / 窮山惡水；湖光山色

成語 山花爛漫；山色空濛；深山密林；千岩萬壑；層巒疊嶂；崇山峻嶺；懸崖峭壁

成語 水天一色；一泓秋水；行雲流水 / 落花流水；水落石出；一碧萬頃；無邊無際

詩詞

水光瀲灩晴方好，
山色空濛雨亦奇。
欲把西湖比西子，
淡妝濃抹總相宜。

（宋朝蘇軾《飲湖上初晴後雨》）

山高月小，水落石出。

（宋朝蘇軾《後赤壁賦》）

山重水複疑無路，
柳暗花明又一村。

（宋朝陸游《遊山西村》）

花草

成語 綠草如茵

成語 百花齊放；春蘭秋菊；奇花異草；紅花綠葉；爭奇鬥艷；繁花似錦；含苞欲放；花前月下；柳暗花明

疊詞 花花綠綠；花花草草

環保

環境

- 森林；原始森林；熱帶雨林；綠色植物
- 濕地；綠地；草地；草坪；草原
- 藍天
- 雪山；雪線；冰川；冰蓋

成語 天朗氣晴；一天星斗；清風明月

成語 山清水秀；世外桃源；窮山惡水

環保方法

- 環保；環境治理；環境保護
- 清潔；潔淨；淨化；潔淨能源；潔淨水；污水處理
- 節能；再生能源；生物能源；再生處理
- 綠色食品；基因；基因工程；轉基因食品

污染

- 污染；污水；垃圾；暖化；污染物；污染源
- 水污染；光污染；空氣污染；噪音污染；白色污染；化學污染；電磁污染；環境污染
- 溫室效應；二氧化碳排放

動物

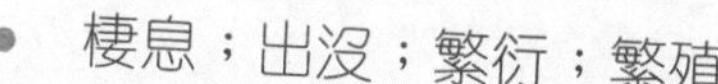

- 棲息；出沒；繁衍；繁殖
- 捕食；捕捉；擒獲；餵飼
- 生猛；野生；圈養；豢養；放養

十二生肖

- 老鼠
- 家鼠；田鼠；野鼠；豆鼠；灰鼠；鼹鼠；松鼠
- 鼠輩

成語 過街老鼠；鼠竊狗偷

成語 抱頭鼠竄

成語 鼠頭鼠腦；膽小如鼠；鼠目寸光；鼠肚雞腸；賊眉鼠眼；蛇鼠一窩

成語 投鼠忌器；城狐社鼠

慣用語

老鼠過街，人人喊打；狗拿耗子，多管閒事

時間 度量 狀態 形狀·形態 自然 動物 植物

牛

- 水牛；黃牛；耕牛；乳牛；野牛；羚牛
- 牛氣；牛勁；牛脾氣；執牛耳；
  牛鼻子；牛角尖

成語 牛刀小試；對牛彈琴；吳牛喘月；
汗牛充棟；老牛舐犢；牛高馬大；
泥牛入海

成語 氣喘如牛

成語 牛郎織女；牛鬼蛇神；牛頭馬面

慣用語

九牛二虎之力；
殺雞焉用牛刀；
風馬牛不相及

十二生肖

虎

- 虎穴；虎口；虎子；虎狼；虎威；虎勁；虎將
- 笑面虎；紙老虎；攔路虎

成語 虎口拔牙；虎口餘生

成語 虎背熊腰；虎頭虎腦

成語 如狼似虎；生龍活虎

成語 降龍伏虎；藏龍臥虎；虎視眈眈；狐假虎威

慣用語

初生犢兒不怕虎；

不入虎穴，焉得虎子

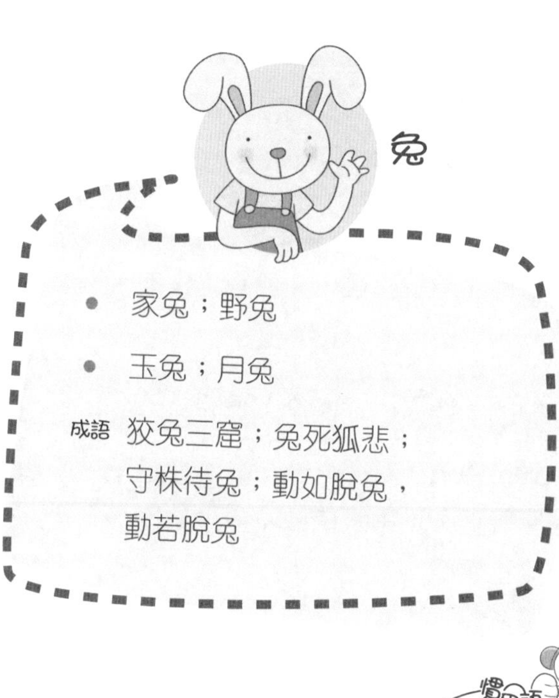

兔

- 家兔；野兔
- 玉兔；月兔

成語　狡兔三窟；兔死狐悲；
守株待兔；動如脫兔，
動若脫兔

慣用語

狡兔死，走狗烹；
不見兔子不撤鷹；
靜如處子，動若脫兔

十二生肖

龍

- 玉龍；蛟龍；龍王；龍鳳；火龍
- 龍宮；龍燈；龍舟
- 龍門；龍頭；一條龍；獨眼龍

成語 乘龍快婿；葉公好龍；羣龍無首；龍馬精神；車水馬龍；筆走龍蛇；矯若游龍

成語 龍爭虎鬥；龍蟠虎踞；龍騰虎躍；龍鳳呈祥；龍飛鳳舞；攀龍附鳳

成語 來龍去脈

慣用語 大水沖了龍王廟；強龍不壓地頭蛇

蛇

- 水蛇；毒蛇；蟒蛇；響尾蛇；眼鏡蛇；蛇膽；蛇足
- 蛇頭；蛇行；地頭蛇
- 休眠，冬眠
- 惡毒

成語　畫蛇添足；打草驚蛇；
　　　蛇蠍心腸；虎頭蛇尾；
　　　杯弓蛇影

慣用語

蛇無頭不行；

人心不足蛇吞象；

一朝被蛇咬，十年怕井繩

十二生肖

馬

- 野馬；戰馬；劣馬；駿馬；寶馬；天馬；飛馬；汗血馬；千里馬；黑馬
- 牛馬；犬馬；人馬
- 出馬；上馬 / 下馬
- 狂野

成語 一馬當先；單槍匹馬；兵荒馬亂；兵強馬壯；高頭大馬；盲人瞎馬；千軍萬馬；萬馬齊喑；懸崖勒馬；馬不停蹄；害羣之馬；馬首是瞻；馬到成功；走馬觀花；脫韁之馬；老馬識途；非驢非馬；溜鬚拍馬；指鹿為馬；塞翁失馬

成語 牛頭不對馬嘴

慣用語

望山跑死馬；

君子一言，快馬一鞭；

一言既出，駟馬難追

羊

- 山羊；綿羊；羚羊；羔羊
- 馴良；溫馴
- 放牧；牧羊
- 帶頭羊，領頭羊；替罪羔羊

成語 歧路亡羊；亡羊補牢；羊腸小道；順手牽羊

慣用語 羊毛出在羊身上；掛羊頭賣狗肉

猴

- 猿猴；獼猴
- 猴急
- 敏捷，矯捷；靈活；靈敏

成語 猴年馬月；猴頭猴腦

成語 樹倒猢猻散

慣用語 山中無老虎，猴子稱大王

十二生肖

雞

- 家雞；草雞；母雞；金雞；錦雞；野雞；童子雞
- 野雞；雞肋；落湯雞
- 雞啼；啼叫

成語 小肚雞腸；殺雞取卵；雞毛蒜皮；鶴立雞羣；聞雞起舞；雞飛蛋打

成語 打雞罵狗；雞犬不寧；雞零狗碎；雞飛狗跳；雞鳴狗盜

慣用語

手無縛雞之力；

偷雞不着蝕把米；

一人得道，雞犬升天

狗

- 警犬；牧羊犬；緝毒犬；軍用犬；狼狗
- 走狗；哈巴狗；落水狗；狗咬狗；瘋狗；看家狗；癩皮狗；犬兒
- 吠叫

成語 狼心狗肺；狗尾續貂；狗皮膏藥；狗頭軍師；狗血噴人；狗膽包天；狗仗人勢；狗急跳牆；狗運亨通；蠅營狗苟

慣用語 畫虎不成反類犬；狗嘴裏吐不出象牙

十二生肖

豬

- 豬玀；豬仔；種豬；野豬；豪豬（箭豬）
- 蠢豬；賣豬仔
- 笨拙；愚蠢；懶惰；躲懶；骯髒

干支、生肖紀年對照表

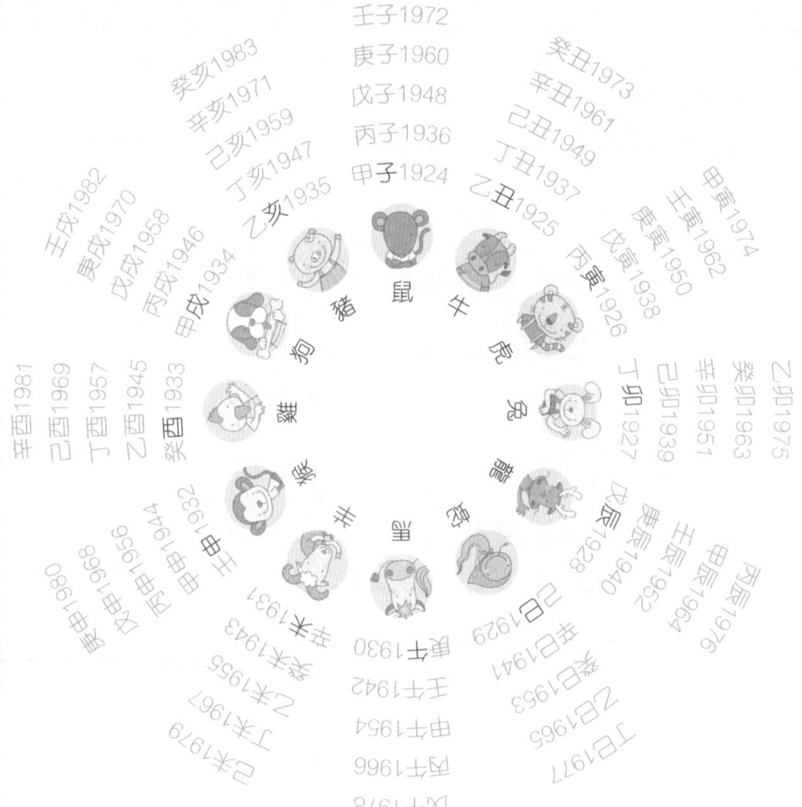

補充知識：

1.干支紀年是中國傳統的紀年方法。由於十天干和十二地支的最小公倍數是六十，所以天干地支紀年每六十年一個輪回，稱為六十花甲。

2.古人也用地支來記方位，子為正北，卯為正東，午為正南，酉為正西。當二十八宿中的虛日鼠運行到正北即子位時，十二地支方位上的十二宿正好是十二生肖中的十二個動物（丑位上是牛金牛、寅位上是尾火虎、卯位上是房日兔、辰位上是亢金龍、巳位上是翼火蛇、午位上是星日馬、未位上是鬼金羊、申位上是觜火猴、酉位上是卯日雞、戌位上是婁金狗、亥位上是室火豬）。用十二種動物分別與十二地支相配成為“十二生肖年”。如：凡是含有“子”的干支年，就是“鼠年”，這一年裏出生的人都是屬“鼠”；凡是含有“丑”的干支年就是“牛年”，該年出生的人都是屬“牛”；以此類推。

動腦筋：

◇ 你會根據上表（圖）推算自己出生年份的干支紀年嗎？你的生肖是甚麼？

- 羅漢松；針葉松
- 松脂；松香；松煙；松節油

慣用語

松柏長青；
歲寒知松柏；
歲寒三友

詩詞

（唐朝王維《田園樂》）

明月松間照，清泉石上流。

（唐朝王維《山居秋暝》）

時間 度量 狀態 形狀·形態 自然 動物 植物

形容松

- 高大；參天
- 合抱
- 蒼翠；蒼古；蒼老；蒼勁
- 盤曲；彎曲

疊詞　蒼蒼；落落；鬱鬱

- 蒼松；翠柏
- 孤直；高潔；挺拔

成語　根深蒂固；萬古長青；蒼翠欲滴

竹

竹

- 竹筍
- 竹林；竹籬

成語 竹籬茅舍

慣用語

竹籃打水一場空；
未出土時先有節，
及凌雲處尚虛心

詩詞

竹外桃花三兩枝，
春江水暖鴨先知。

（宋朝蘇軾《惠崇春江晚景》）

可使食無肉，不可居無竹。
無肉令人瘦，無竹令人俗。

（宋朝蘇軾《於潛僧綠筠軒》）

形容竹

- 青翠，翠綠
- 稀疏，疏落；稠密
- 挺直
- 細長，修長；幼嫩

疊詞 青青；細細；疏疏；密密；綠森森；密密層層；密密叢叢；斑斑駁駁；錯錯落落；稀稀落落；稀稀疏疏

更多聯想

- 修竹；翠竹；墨竹
- 敲竹槓

成語 茂林修竹；青梅竹馬；胸有成竹，成竹在胸；勢如破竹；罄竹難書

梅花

- 清香；清雅；幽香；暗香
- 高潔；傲然
- 虬曲；勁挺

成語 幽香宜人；清香遠溢；暗香疏影

成語 鬥雪吐艷；凌寒留香

成語 艷若桃李；燦如雲霞；銀雕雪塑；冰肌玉骨；清麗超然；清雅脫俗；清白無瑕；清正無邪

成語 賞心悅目；心曠神怡

疊詞 香馥馥；清幽幽

詩詞

疏影橫斜水清淺，
暗香浮動月黃昏。

（宋朝林逋《山園小梅》）

砌下落梅如雪亂，
拂了一身還滿。

（五代南唐李煜《清平樂》）

- 梅花；梅子
- 白梅；紅梅；臘梅；綠梅；烏梅
- 賞梅；詠梅
- 梅雨；黃梅雨

成語 望梅止渴

慣用語

寶劍鋒從磨礪出，
梅花香自苦寒來

成語 青梅竹馬

成語 梅妻鶴子

草

草

- 花草；香草；水草；藥草；野草
- 草原；草地；草坪；草叢
- 小草；寸草；芳草；青草；碧草；嫩草；荒草；雜草
- 牆頭草

成語　視如草芥

詩詞

離離原上草，一歲一枯榮。
野火燒不盡，春風吹又生。

（唐朝白居易《賦得古原草送別》）

借"草"形容和比喻

- 潦草；草率
- 草案；草稿；草簽；草圖

成語　草草了事；草率從事；草菅人命

疊詞　草草

形容草

- 茂盛；豐茂；稠密
- 柔細；柔軟；柔嫩
- 青翠；翠綠；碧綠

成語　豐草長林；野草閒花；奇花異草

成語　芳草萋萋；芳草鮮美；綠草如茵

疊詞　萋萋；芊芊；綠汪汪；綠油油；綠茸茸；綠葱葱；嫩綠嫩綠；鮮嫩鮮嫩

比比看，誰能用最多的和“草”相關的形容詞、比喻，寫一段一百字以內、通順而合理的文字。

木

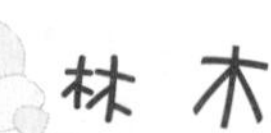

- 樹木
- 樹幹；幹梢；樹冠
- 樹林；叢林；森林

成語 一草一木

慣用語

單絲不成線，獨木不成林；
無源之水，無本之木

樹的種類

- 松柏；檀香；銀杏；梧桐；楊柳；紅豆；丁香；桂花；菩提

詩詞

菩提本無樹，
明鏡亦非台。
本來無一物，
何處惹塵埃。

（唐朝慧能法師《見性偈》）

借"木"形容和比喻

- 木訥

成語 木石心腸

"林木"和"樹的種類"的練習

我們這小城市，雖然沒有＿＿＿＿，但是＿＿＿＿不少。水畔沒有＿＿＿＿，山上卻有＿＿＿＿長青，＿＿＿＿飄香。只要多留意身邊的＿＿＿＿（成語），生活還是很有生趣。

木

形容木

- 茂密，茂盛；繁茂，繁密；濃密，稠密；濃蔭，綠蔭
- 蒼勁，蒼鬱
- 枯黃，乾枯；枯萎，枯槁；枯木，朽木
- 萌芽；分枝；開花；結果；凋零，零落；凋謝，凋落

成語 枯木逢春

自恨尋芳到已遲，
往年曾見未開時。
如今風擺花狼藉，
綠葉成陰子滿枝。

（唐朝杜牧《歎花》）

更多聯想

成語 木已成舟；移花接木；
獨木難支；緣木求魚

人

泛稱

- 公民；人民；市民；平民；生民；百姓；庶民；黎民；生靈；蒼生
- 人士；世人；人物；人類
- 人口；人丁；丁口
- 個人；匹夫
- 人人；眾人；公眾；民眾；羣眾

成語 黎民百姓；芸芸眾生

成語 生靈塗炭

慣用語

人生一世，草木一秋；
天下興亡，匹夫有責

代稱

- 我；在下；鄙人；老夫；老漢；老身；老娘；愚兄；愚弟；貧道；貧僧；我們
- 你；您；老兄；仁兄；賢兄；世兄；尊兄；老弟；仁弟；賢弟；閣下；尊駕；陛下；你們；各位
- 他；她；人家；他們；她們
- 誰；誰人；誰個；哪個；哪位；何人
- 某；某人；某個

成語 我行我素；爾虞我詐

詩詞

蒹葭蒼蒼，白露為霜。
所謂伊人，在水一方。

《詩經‧秦風‧蒹葭》

爾曹身與名俱滅，
不廢江河萬古流。

（唐朝杜甫《戲為六絕句》）

慣用語

為他人做嫁衣裳

人

年齡

- 老翁；老者；老漢；長者；公公；老人家；老太太；老婆婆；老傢伙；老糊塗
- 童年；少年；青春、青年、華年；壯年、盛年；中年；老年、暮年、晚年；殘年
- 幼小；幼稚；年青；後生；少壯；年邁；老邁；老朽
- 兒童；孩童；童稚；孺子

成語 老當益壯，老驥伏櫪；老態龍鍾，老氣橫秋；老於世故，老謀深算；風燭殘年，桑榆暮景

成語 孺子可教

疊詞 老老少少

人生莫受老來貧；

少年樂新知，衰暮思故友

老驥伏櫪，志在千里。
烈士暮年，壯心不已。

（三國曹操《步出夏門行•龜雖壽》）

行色秋將晚，
交情老更親。

（唐朝杜甫《奉簡高三十五使君》）

老當益壯，寧移白首之心。
窮且益堅，不墜青雲之志。

（唐朝王勃《滕王閣序》）

訪舊半為鬼，
驚呼熱中腸。

（唐朝杜甫《贈衛八處士》）

人

男女

- 公；君；先生；男士；男兒；後生；小伙子；男子漢；大丈夫；鬚眉 / 巾幗；千金；小姐；閨女
- 少女；姑娘；女士；女郎
- 夫人；太太；少婦；貴婦人

成語　白面書生；文弱書生；凡夫俗子；紈袴子弟；膏粱子弟

成語　千金小姐；大家閨秀；小家碧玉

疊詞　男男女女

慣用語

好男不跟女鬥；
巾幗不讓鬚眉；
宰相肚裏撐隻船

美女

- 天人；天仙；仙子；玉人；佳人；佳麗；麗人；淑女；紅顏；紅粉
- 絕色；國色

成語 紅顏薄命；巾幗英雄；紅粉佳人

成語 國色天香；傾國傾城

慣用語

自古紅顏多薄命

詩詞

翩若驚鴻，婉若游龍。

（三國曹植《洛神賦》）

慟哭六軍俱縞素，
衝冠一怒為紅顏。

（清代吳梅村《圓圓曲》）

俊男

- 英俊；俊美；英武；高大；魁梧；魁偉；強健；威武；慷慨
- 帥哥；美男子；大丈夫

成語 豁然大度；英俊瀟灑

成語 俊男美女

成語 書香門第；名門望族

人

容貌

- 相貌，面貌，美貌；面容，面目；姿容，姿色，模樣
- 外貌；風貌；外表；儀表；儀容
- 形相；長相；樣子

成語 一表人才；如花似玉；傾國傾城；相貌堂堂；虎背熊腰；虎頭虎腦；音容笑貌；舉手投足

成語 衣冠楚楚；衣衫襤褸；衣不蔽體；不修邊幅；蓬頭垢面

神態

- 姿態，姿勢；英姿，雄姿；丰姿，丰韻；風采，風度；風姿，風致；風韻；神采
- 舉止；儀態；氣派；氣質；氣概；骨氣
- 豪氣；書生氣；脂粉氣；小家子氣；寒酸相

成語 氣宇軒昂；丰姿綽約；落落大方；儀態萬方；文質彬彬；溫文爾雅；風流倜儻；含情脈脈

成語 不陰不陽

面貌

- 好看，美貌，漂亮，標致；美麗，艷麗，俏麗；秀麗，秀氣，秀美；嫵媚，嬌媚，艷媚；俊美，俊俏，俊秀，英俊；清秀，娟秀，靈秀
- 難看；醜陋；猥瑣

成語 眉清目秀；唇紅齒白；明眸皓齒；千嬌百媚；慈眉善目

成語 人老珠黃；其貌不揚；面黃肌瘦；面目可憎；賊頭賊腦；賊眉鼠眼；獐頭鼠目

體形

- 苗條；窈窕；修長
- 豐滿，豐盈
- 魁梧，高大
- 矮小；短小；瘦小
- 肥大；肥胖；臃腫

成語 五大三粗；大腹便便；五短身材；腦滿腸肥；弱不禁風；瘦骨嶙峋；瘦骨伶仃；道貌岸然；老態龍鍾

成語 裊裊婷婷；儀表堂堂；亭亭玉立；風度翩翩；婀娜多姿

成語 正襟危坐；舉止大方；醜態百出；裝腔作勢；矯揉造作；忸怩作態

行動

- 婀娜；翩翩
- 酣睡；自立；繳交；購買

性情

- 成熟；圓熟；平和；
  隨和；機敏；精靈；
  憨厚；純樸
- 猶疑；猶豫；果斷；武斷
- 魯莽；散漫；孤僻；清高

蔑稱

成語 傢伙；東西；貨色

成語 畜生；鼠輩

物

樣式

- 形狀；形態；形象；外形；外觀；式樣；款式；花樣
- 新式；舊式；舊貌；老式

有理三百棍，無理棍三百；

上無片瓦，下無立錐之地；

一個籬笆三個樁，一個好漢三個幫；

車到山前必有路，船到橋頭自會直

物品

- 商品；用品；日用品；
  消費品；奢侈品；化妝品；
  美容品；工藝品；
  陳設品；陳列品；展品；
  紀念品；仿製品；違禁品；珍品；
  廢品
- 古物；文物；古董；古玩
- 雜（什）物；信物；證物；廢物

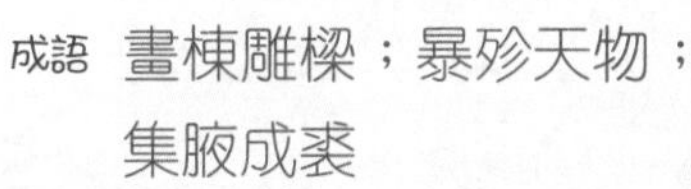

成語　畫棟雕樑；暴殄天物；
集腋成裘

貨物

- 便宜貨；假貨；水貨；冒牌貨
- 百貨；雜貨
- 現貨；存貨；期貨
- 國貨 / 進口貨

成語 琳琅滿目

禮品

- 賀禮；壽禮；見面禮
- 禮物；紅包
- 薄禮 / 厚禮

成語 禮尚往來 / 兩手空空

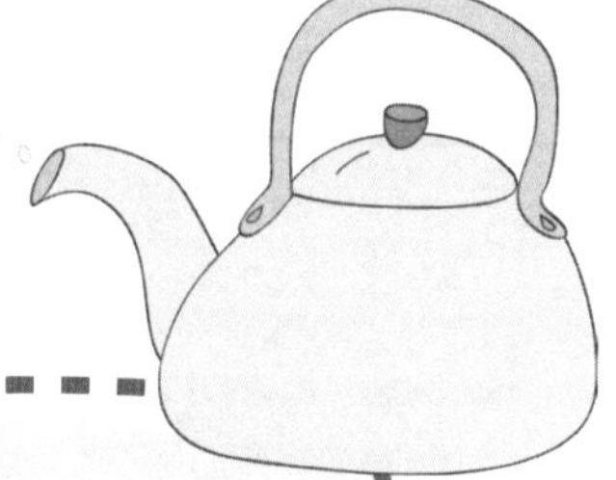

器物

- 器物；器具；用具；器皿；器材
- 容器；酒器；飲器
- 銅器；木器；竹器；瓷器；陶器；漆器；玉器；金器；銀器

形狀

粒、球

- 粉（花粉）；末（芥末、粉末）；
  麵（胡椒麵兒）；屑（碎屑）；沙（豆沙）
- 粒（粒粒橙）；丁（宮保雞丁）；
  塊（石塊）；錠（銀錠）
- 斑（黑斑）；點（雨點）；滴（水滴）；
  星（火星）；花（雪花）；丸（藥丸）；
  珠（眼珠）；球（水晶球）；泡（氣泡）；
  環（花環）；圈（項圈）；輪（月輪）

成語 彈丸之地

疊詞 斑斑駁駁；點點滴滴；花花搭搭

線、條

- 線（電線）；絲（蠶絲）；
  帶（腰帶）；纜（光纜）；條（薯條）
- 杆（電線杆）；竿（釣竿）；
  杖（手杖）；棍（曲棍球）；樁（木樁）
- 管（管道）；筒（筆筒）；卷（書卷）

成語 日上三竿

疊詞 條條框框；絲絲縷縷

片、堆、痕

- 片（刀片）；皮（樹皮）；
  板（地板）；箔（金箔）；
  膜（薄膜）；衣（糖衣）；層（高層）
- 束（花束）；把（火把）；堆（土堆）
- 痕（傷痕）；跡（蹤跡）；
  印（手印）；道（劃了一道）；
  紋（波紋）；褶（衣褶）

形狀

物件各部

- 坨（秤坨）；垛（磚垛）；架（花架）；
  骨（傘骨）；龍骨（貨輪的龍骨）；
  膽（燈膽）；膛（炮膛）
- 底（鞋底）；座（鐘座）；
  托（茶托）；蓋（杯蓋）；塞（瓶塞）；
  帽（鉛筆帽）；栓（消火栓）
- 頂（樓頂）；頭（船頭）；巔（山巔）；
  尖（塔尖）；端（頂端）；梢（樹梢）；
  末（末梢）
- 邊（牀邊）；角（牆角）；
  稜（三稜鏡）；脊（屋脊）；
  腳（牆腳）；腿（椅子腿）；翼（機翼）

成語 首鼠兩端

- 凸（凸鏡）；凹（凹鏡）
- 孔（彈孔）；眼（針眼兒）；窟窿（戳了個窟窿）；口（窗口）；洞（山洞）；穴（獸穴）；縫（門縫）
- 結（蝴蝶結）；扣（繩扣）

液、漿

- 水（藥水）；液（血液）；汁（果汁）；沫（口水沫）
- 漿（豆漿）；醬（果醬）；蓉（蒜蓉）

成語 有眼無珠；口吐白沫；千絲萬縷；前凸後撅

事情

事務

- 事項，事宜
- 國事 / 家事；公事 / 私事；大事，要事
- 好事 / 壞事；喜事 / 喪事；憾事，恨事
- 正事 / 雜事；瑣事，閒事；急事，難事；奇事，怪事；快事，趣事；往事，舊事

成語 一事無成；敷衍了事；提綱挈領，綱舉目張

成語 廉潔奉公，大公無私；日理萬機，全心全意；大是大非，犖犖大端；終身大事；衣食住行，生老病死；養家糊口，賢妻良母

成語 天賜良緣，男婚女嫁；額手稱慶，大喜過望；劣跡斑斑，過街老鼠；紅白喜事，哭天號地；不念舊惡，一筆勾銷；抱恨終生，死不瞑目

成語 正經八百；樂此不疲；當務之急，燃眉之急；無奇不有，千奇百怪；明日黃花，過眼雲煙；若有所失，悵然若失；雞毛蒜皮；細枝末節，可有可無；捉襟見肘，進退維谷；咄咄怪事，天方夜譚；賞心悅目，清風明月；含飴弄孫，閒情逸致

疊詞 零零星星

情勢

- 變故，風波；動亂，暴亂；騷動，騷亂；巨變；戰亂；事變，突變
- 事態，態勢；形勢，局勢；時務；時勢，時局
- 優勢 / 劣勢；均勢
- 緊急；嚴峻；嚴重；厲害
- 進展；進程；發展；傾向

成語 民不聊生，百廢待興；風雨飄搖 / 如日中天；撥亂反正，長治久安；變生肘腋，風雲變幻；刀光劍影，生靈塗炭；歌舞昇平，改朝換代

成語 先聲奪人 / 後發制人；勢均力敵 / 孤軍奮戰

地方

地方

- 地域；地區；地段；
  地帶；地盤；所在；處所
- 四方；四面；四處

場所

- 場地
- 廣場；商場；百貨公司
- 會所；俱樂部；娛樂場
- 馬場；運動場；足球場；游泳館；高爾夫球場

城市

- 都市；故都；市區；社區；城區
- 街道；街市；鬧市；市井；里弄；巷
- 市郊、郊區；郊外；郊野；近郊／遠郊；荒郊；郊野公園
- 快速路；高速公路
- 碼頭

成語 市井小人；市井無賴；招搖過市

地方

家鄉

- 故土；故里；故鄉；故園；家山；家鄉；家園；鄉里；鄉土；鄉井；鄉村；老家
- 異鄉；他鄉；客居；旅居；外埠
- 鄉音；鄉情
- 鄉親；鄉民；老鄉；
- 懷鄉；懷舊；念舊；思鄉；想家；念家

慣用語

物離鄉貴，人離鄉賤

詩詞

少小離家老大回，鄉音無改鬢毛衰。
兒童相見不相識，笑問客從何處來？

（唐朝賀知章《回鄉偶書》）

故園東望路漫漫，雙袖龍鍾淚不乾。
馬上相逢無紙筆，憑君傳語報平安。

（唐朝岑參《逢入京使》）

- 興盛，昌盛；富強；盛行；興旺 / 蕭條
- 乾淨 / 骯髒；污穢；簡陋
- 廣闊；寬闊；開闊；遼闊；寬敞；空曠 / 擠迫，擁擠
- 順利；便利；方便 / 不便

成語 燈紅酒綠；紙醉金迷；萬家燈火；車水馬龍；
高聳入雲；斷壁頹垣

禍難

- 不幸；禍事；逆境；絕境；出事
- 憂患；內憂；外患；禍患；後患；隱患
- 災難，災禍，災害；洪災，水災，水患；海嘯；火災；火警；失火；旱災；大旱；抗旱；天災；人禍；橫禍；戰火；風沙；冰封；河水泛濫；地震；災情；洪水；爆炸
- 毀滅；爆破；侵犯；侵略；侵蝕；侵襲；毆打；傷害；擊敗；淹沒；斷絕；惡化；摧殘；摧毀；暴力；灼傷
- 遭殃；遭劫；遭罪；惹禍；闖禍；召禍；遇難；罹難；斃命；犧牲

成語 飛來橫禍；禍不單行

成語 後患無窮；有備無患；心腹之患

成語 在劫難逃；凶多吉少

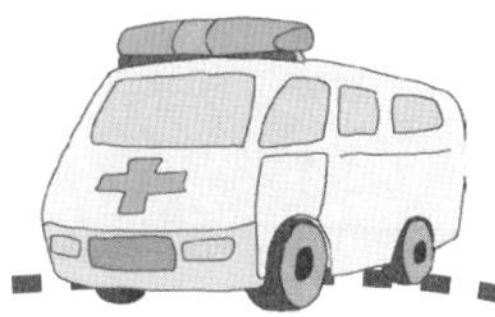

受災

- 賑災；救災；貢獻；奉獻；盡力；盡量；奮力；投入；奔走；奔波；彌補；補償；賠償；補救；克服；治理；解除；解散；奮勇；奮戰
- 逃生；脫險；體會；體驗；折磨；壓抑；擔任；擔當；負擔；支撐；承受；承擔
- 造福；保佑；保障；保衞；捍衞；戰鬥；增援；防範；防禦；防衞；提防；避免；鎮壓；驅逐

現場

- 現場；廢墟；遺跡；跡象
- 危險；破爛；破壞；毀壞；損害；損壞；削弱；燒燬；破損；壓迫；壓倒；擠壓；傾斜；倒塌；壓垮；損失；喪失

災難

苦況

- 悲慘；淒慘
- 受苦；吃苦；受難；困苦；困難；艱難；困境；困擾
- 辛苦；疾苦；痛苦
- 依傍；依靠；依賴
- 畏懼；恐懼；挫折；氣餒；振奮；勇敢；無畏

成語 飢寒交迫；飽經風霜；水深火熱

成語 人窮志短；債台高築；傾家蕩產；一文不名；一貧如洗；入不敷出；寅吃卯糧；捉襟見肘；衣不蔽體；身無長物；家徒四壁；飢寒交迫；兩手空空；一無所有

前往第228頁瀏覽更多詞語

親朋無一字，老病有孤舟。

（唐朝杜甫《登岳陽樓》）

萬里悲秋常作客，百年多病獨登台。
艱難苦恨繁霜鬢，潦倒新停濁酒杯。

（唐朝杜甫《登高》）

秦時明月漢時關，萬里長征人未還。
但使龍城飛將在，不教胡馬度陰山。

（唐朝王昌齡《出塞》）

成語 天災人禍；山崩地裂

成語 玉石俱焚；魚死網破

成語 有苦難言

成語 流離失所

幸運

幸福

- 福祉；口福；眼福；耳福；後福
- 洪（鴻）福；福分；福氣
- 享受；享福；享樂；享用；坐享；安享；分享
- 美滿；甜美；甜蜜

成語 三生有幸；稱心如意；吉祥如意；洪福齊天

運氣

- 命運；天命；天意；天數；定數
- 大運；紅（鴻）運
- 走運；走紅；順境，佳境
- 吉祥；吉利；吉慶，吉事；吉日，吉期；吉兆，祥瑞；如意，如願
- 倒運，背運，倒楣
- 僥倖

成語 遇難呈祥；因禍得福；否極泰來

成語 逢凶化吉

慣用語

大難不死，必有後福

其他形容

情味

- 品味；情趣；趣味；乏味
- 韻味；意味

成語 平淡無味，平淡無奇；味同嚼蠟／耐人尋味；津津有味

成語 津津樂道

詩詞

剪不斷，理還亂，是離愁，別是一般滋味在心頭。

（五代南唐李煜《相見歡》）

美

- 絢麗；華麗；豪華；典雅；優美；迷人

奇

- 獨特；奇異；神奇；奇怪；異常
- 普遍；通俗；合理 / 荒謬；正常 / 反常；自然 / 異常

新舊

- 新穎；新奇；新鮮；嶄新；新興
- 古老；古樸；古典
- 陳舊；破舊

衣着

衣物

- 衣裳；衣衫
- 外衣；內衣；汗衣；背心；襯衣；襯衫；罩衫；罩袍；大衣；旗袍；長袍斗篷；披風；披肩
- 裙子；連衫裙；長裙；短裙；超短裙；迷你裙；襯裙
- 風衣；雨衣；浴衣；睡衣；潛水衣
- 僧衣；袈裟；道袍；壽衣

成語 衣冠禽獸、衣冠楚楚

成語 衣不解帶

包裝

- 糖衣；筍衣；炮衣；胞衣
- 花生衣

詩詞

雲想衣裳花想容，春風拂檻露華濃。

（唐朝李白《清平調》）

縱使晴明無雨色，入雲深處亦沾衣。

（唐朝張旭《山行留客》）

荷葉羅裙一色裁，芙蓉向臉兩邊開。

（唐朝王昌齡《採蓮曲》）

飲食

菜式

- 中菜；西餐；日式料理；韓國菜；越南菜；泰國菜；中東菜；印度菜；法國菜；意大利菜
- 粵菜；京菜；滬菜；湘菜；川菜
- 餐湯；沙律；前菜；主菜；頭盤；甜品
- 家常菜 ；火鍋；鐵板燒

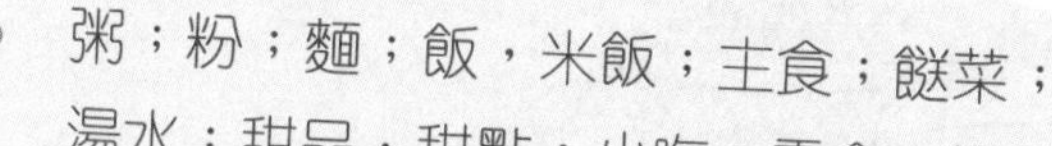

食物、飲料

- 粥；粉；麵；飯，米飯；主食；餸菜；湯水；甜品，甜點；小吃；零食；糕點
- 水；茶；酒；果汁；健康飲品；涼茶
- 腐壞；腐爛；新鮮；保鮮；保質
- 保質期

烹調

- 煎；炒；烹；炸；涮；蒸；煮；焗；烤；燉；燜；滷；燒
- 油；麻油；橄欖油；鹽，粗鹽，幼鹽，餐桌鹽；醬油，生抽，頭抽；胡椒，胡椒粉；辣椒；蒜；薑；葱

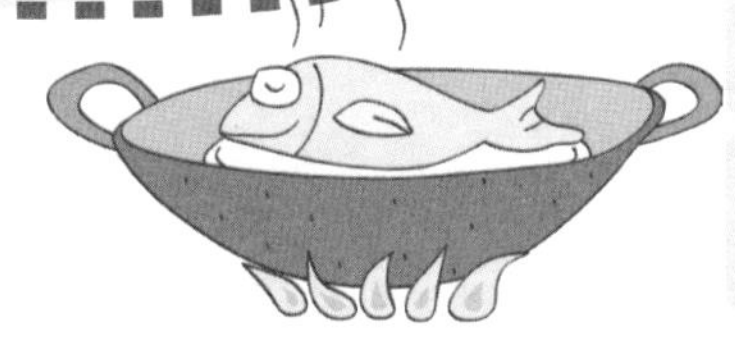

飲食

用餐場所

- 飯店；酒店；酒樓；餐廳；餐館；菜館；食堂
- 火鍋店；壽司店；居酒屋；薄餅店

營養

- 糖；蛋白質；脂肪；氨基酸；維生素；礦物質；微量元素；纖維
- 熱量；能量
- 豐富；均衡；過剩；不良

用餐方式

- 素食；生食；熟食
- 吃素；吃齋；長齋
- 中餐；西餐
- 快餐；宴會；酒席；茶會
- 早餐；午餐；晚餐；正餐；工作餐；早茶；午茶；晚茶；夜宵，宵夜

成語 一日三餐；三餐一宿；過午不食

成語 茹毛飲血；餐風飲露

前往第218、219頁瀏覽更多詞語

居住

居住

- 定居；安居；寓居；居留；羣居；聚居；散居；雜居；寄居
- 借居；客居；僑居；旅居，羈旅；隱居；小住；暫住；棲身，棲息；流落；安身，容身
- 裝修；裝飾；添置；清拆；擺放
- 設備；機械；台階；根基

成語 安居樂業

成語 流離失所；顛沛流離

遷居

- 搬家；搬遷；遷移；遷徙；喬遷
- 移民；移居

成語 喬遷之喜；安土重遷

詩詞

出自幽谷，遷於喬木。

（《詩經・小雅・伐木》）

這房子________漂亮，________淡雅，___________了很多盆栽，還有個客房，可供朋友________幾天。

出行

旅程

- 旅客，行旅；外出，出外；遠行；夜行
- 路程，路途；旅程，旅途；遠程，遠道；長途 / 短途；半途，中途；征程，征途；歸程，歸途
- 啟程，登程；出境，離境；出國，出洋

形容旅程

成語 路途遙遠，山高水長；長途跋涉，舟車勞頓

成語 跋山涉水，翻山越嶺；天涯海角，浪跡天涯；風吹雨打，風餐露宿；風塵僕僕，櫛風沐雨

旅遊

- 出遊；漫遊；周遊，環遊；暢遊，遨遊；遊玩，遊逛；遊樂，遊賞
- 郊遊，野遊；春遊，秋遊
- 遊覽，遊歷；飽覽，瀏覽；縱覽，覽勝；觀光，觀覽；觀看，觀賞
- 遊客，遊人；行李，行囊；背包，背囊；旅行箱，旅行袋
- 遊船，潛水；郵船，郵輪

成語 遊山玩水，遊山玩景；故地重遊，舊地重遊

成語 一覽無餘；登山臨水

出行

相遇

- 重逢，相逢
- 邂逅，偶遇
- 錯過；路過

成語 萍水相逢／久別重逢；不期而遇／失之交臂

活動

- 賞月；踏青；登高
- 跳水；跳舞；跳繩

離鄉、回鄉

- 本土，故土；本鄉，故鄉；故里，故園；家鄉，家園；鄉里，鄉梓
- 他鄉，外鄉；異地，異鄉

成語 背井離鄉，走南闖北

成語 榮歸故里 / 一去不返；衣錦還鄉，衣錦榮歸

慣用語

樹高千丈，葉落歸根

詩詞

獨在異鄉為異客，每逢佳節倍思親。

（唐朝王維《九月九日憶山東兄弟》）

交通

- 堵車；塞車
- 路口；跑道
- 停泊；停留；滯留；逗留
- 乘坐；乘搭；途經；順路；運送；運輸
- 剎車；加速；緩行

學習

培育

- 培養；培植；栽培；造就；陶冶；熏陶；熏染
- 教導；言教；身教
- 培訓；訓練
- 磨煉
- 管教；管束；調教

成語 言傳身教；耳濡目染；耳提面命

成語 千錘百煉；勤學苦練

學制

- 幼兒教育；學前教育；初等教育；中等教育；高等教育；職業教育

就學

- 求學；升學；留學；遊學；輟學；停學；逃學；除名；開除
- 考試；應考；應試；錄取；落榜
- 學籍；註冊；入學
- 修業；結業；畢業；卒業
- 學歷；學位；學士；碩士；博士

成語 半工半讀；勤工儉學

慣用語

活到老，學到老；

學如逆水行舟，不進則退；

兩耳不聞窗外事，一心只讀聖賢書

學習

師生

- 先生；老師；師長；教師
- 同學；同窗
- 學長；學兄；師兄；師姐；師弟；師妹

學校

- 校風；校規；校刊；校慶；校服；校徽
- 童軍；童子軍；學生會
- 校舍；校園；運動場
- 課室；課堂；講堂；講台

讀書

- 就學，求學；攻讀，深造；自學，自修；進修，培訓
- 同學，同窗；導師，師長
- 溫習；補習；複習；操練；練習；閱讀；參考；了解
- 習題；小測；測驗；考試；期考；模擬考試
- 常識；道理；疑難

成語 學無常師；苦心孤詣；開卷有益；博覽羣書

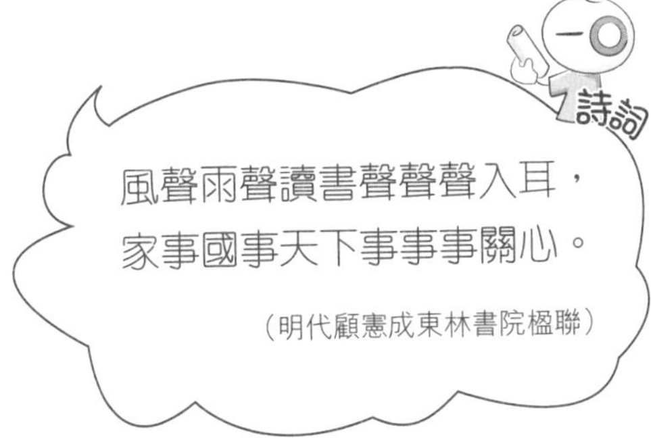

學習

形容老師

- 講課；講解；授課；講授；口授；面授
- 教誨；教導；指點；點撥；指導；引導
- 造就；栽培；培養；熏陶；啟蒙；誘導

成語　旁徵博引；妙趣橫生；開門見山；開宗明義；簡單明瞭；振聾發聵；言簡意賅；簡明扼要；扣人心弦；鞭辟入裏；深入淺出；入木三分

成語　言傳身教，以身作則；春風化雨；耳提面命；諄諄教導；醍醐灌頂；循循善誘；誨人不倦

慣用語

桃李滿天下；

三人行，必有我師；

十年樹木，百年樹人

鑽研

- 分析，辨析；剖析，解析
- 推敲，琢磨；深究，推究；探討，探究；推理，推導
- 概括，總結

成語 條分縷析；去偽存真；切磋琢磨；字斟句酌

成語 窮源溯流，鈎深致遠；尋根究底，探幽發微；舉一反三，觸類旁通

學習

用功

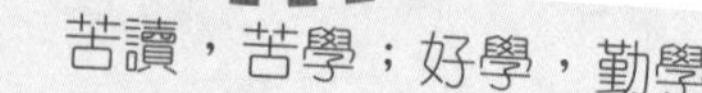

- 苦讀，苦學；好學，勤學
- 攻讀，研讀；讀書，精讀
- 用心，專注；專心，潛心
- 消極，被動；對付，應付；馬虎，潦草
- 聽從；請教；吸收；調查

成語 十年寒窗，手不釋卷；不恥下問，溫故知新；學而不厭，好學不倦；韋編三絕，懸樑刺骨；映雪囊螢，鑿壁偷光；自強不息，再接再厲；孜孜不倦，磨穿鐵硯

成語 學貫古今，搜索枯腸

成語 心無二用，專心致志；全神貫注，聚精會神

成語 草草了事，敷衍了事；漫不經心，滿不在乎；無所用心，一暴十寒；不求甚解，心不在焉；淺嘗輒止，蜻蜓點水；得過且過，勉為其難

疊詞 拖拖拉拉

三天打魚，兩天曬網；

書山有路勤為徑，學海無涯苦作舟；

平時不燒香，臨時抱佛腳

詩詞

讀書破萬卷，下筆如有神。

（唐朝杜甫《奉贈韋左丞丈二十二韻》）

- 填鴨；開夜車；作弊
- 狀元

成語 學無止境；挑燈夜讀

成語 名列前茅；名列榜首 / 名落孫山

工作

事業

- 大業，宏業；偉業，宏圖
- 生意，差事；行業，行當；三十六行；七十二行
- 生計，生涯；職業，營生；失業，賦閒
- 任職，供職；出任，新任；現任 / 前任；連任，繼任
- 職務，職守；要職，要津；兼職 / 專職；職責；職權；義務

成語 三教九流

做事

- 上班 / 下班；返工；趕工；加班；替班
- 勞作，勞動；幹事，辦事；幹活兒，做活兒；處理；整理；辦理
- 零工；短工；義工；替工
- 合作，合夥；協作，搭檔；怠工；曠工
- 見工，試工

規劃

- 計劃；編排；打算；部署；統籌
- 整修；整頓；調整；調節；調劑；調校；調動
- 監督；監察
- 指揮；驅使；驅動
- 推行；實現

商貿

- 擺賣；購買；專賣；經營；關閉；倒閉
- 攤子；鋪子；櫃枱

家庭

- 人家；住宅；門戶
- 家室；家居
- 門第；名門；寒門；豪門
- 陪同；陪伴；團圓；團聚；天倫；平安；安全；溫馨；和睦

成語 千家萬戶；家長里短

成語 家常便飯

疊詞 家家戶戶

家常話；

拉家常；

家鄉話；

天地一家親

家事

- 家教
- 家族；家規；家譜
- 家務；家政；清掃；清理
- 家境；家道；家用；家計；家產，家財；家珍，家傳
- 理財；當家；持家；分家

稱呼

- 家父／家母；家翁；家尊；家嚴／家慈；家兄／家姐
- 家長；主婦；當家的；女主人
- 男家／女家；婆家／娘家；親家；親戚家

成長

- 懷孕；生育；撫養；餵養
- 誕生；出生；長大
- 生日

婚姻

愛情

- 情愛；情網；戀愛；戀情
- 初戀；熱戀；網戀；失戀

婚姻

前往第238頁瀏覽更多詞語

- 結婚；成婚；完婚；新婚；早婚；晚婚；再婚
- 求愛；求婚；求親；訂婚；定親
- 新人；新郎；新娘；主婚；伴郎；伴娘；證婚人
- 同居；離婚；離異

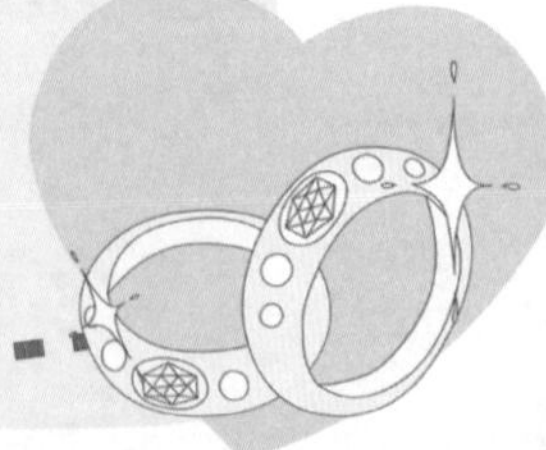

獨身

成語 鰥寡孤獨

成語 孑然一身；煢煢孑立

郎騎竹馬來，繞牀弄青梅。

同居長干里，兩小無嫌猜。

（唐朝李白《長干行》）

紅豆生南國，春來發幾枝。

願君多採擷，此物最相思。

（唐朝王維《相思》）

花間一壺酒，獨酌無相親。

舉杯邀明月，對影成三人。

（唐朝李白《月下獨酌》）

言語

祝賀

- 慶祝
- 道喜，道賀；恭喜，賀喜；恭賀，敬賀；拜年
- 節日；元旦；生日；生辰

祈求

- 祝願；祝福
- 禱祝，禱念，禱告；祈禱
- 祈福；祈子，祈雨

祝頌用語

成語　萬事大吉；萬事亨通；吉人天相，吉祥如意，大吉大利，吉星高照

成語　五福臨門，洪福齊天，福星高照

成語　千祥雲集；千秋萬歲

成語　財源茂盛；福壽康寧；五世其昌

賀壽

- 祝壽；拜壽；上壽
- 壽星；壽桃；壽麵；壽禮

慣用語

福如東海，壽比南山

人物．事地　生活．社交　感官．感覺　情感．心理　能力．行為　性格．品行　態度

言語

好的言語

- 良言，箴言；忠言，善言；美談
- 美言，好話；讚語
- 諾言，誓言
- 真話，實話
- 知心話

成語 金玉良言；肺腑之言，由衷之言；讚不絕口

成語 嘉言善行／忠言逆耳；信誓旦旦，指天誓日；山盟海誓

成語 一諾千金，言行一致

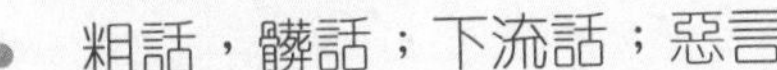

不好的言語

- 粗話，髒話；下流話；惡言
- 謊言，謊話；假話
- 流言，閒話；讒言，壞話；謠言
- 空話，空談；胡話
- 怨言，牢騷

成語 出言不遜；惡言相向

成語 彌天大謊；花言巧語，言不由衷

成語 流言蜚語，閒言碎語；飛短流長，風言風語；人言可畏

成語 空話連篇，廢話連篇；胡言亂語，信口開河

成語 怨天尤人；怨聲載道，民怨沸騰

詩詞

羌笛何須怨楊柳，春風不度玉門關。

（唐朝王之渙《涼州詞》）

言語

講 話

- 叮囑；吩咐；安慰；宣佈；警告；勸告；告訴；建議；告誡；教訓；勸諭；激勵；遊說；勉勵；威脅；號召；說服；敘述；囑咐；轉達；呼喚；呼籲；宣稱；應對；叫喊；叫喚；叫囂；聲言；聲明；描述；詢問；解答；解釋；鼓勵；提醒；通知；強調；敦促；盤問；發表；埋怨；抱怨；責怪；責罵；恐嚇；渲染；催促
- 諮詢；報告；報道；演講；談判；演說；解說；朗誦；聊天；談天；磋商；商量；討論；會談；談論；爭吵；吵架；爭執
- 開口；發言；說謊；補充；提起；談及；提及
- 廣告；廣播；播放；傳播；播映；採訪；散播；散佈

言論

- 議論；評論，評議；評述，述評；褒貶
- 偉論，宏論；高論；公論；輿論
- 非議；微詞
- 辯論；辯護；反駁；爭論；論證
- 談笑；鼓舞；發誓；誤會，誤解

成語 不易之論；持平之論；褒貶不一，眾說紛紜

更多聯想

- 口頭禪；俗話，俗語
- 夢話，夢囈
- 家常話；俏皮話；閒談
- 話題；結論
- 口齒；口才；口吻；口氣；語氣

交往

往來

- 來往，迎送，接送
- 結交，交遊；社交，交際；應酬，周旋

成語 有來有往；明來暗往；禮尚往來，投桃報李；一刀兩斷 / 藕斷絲連；一見如故，相見恨晚

成語 莫逆之交，忘年之交 / 素不相識；慕名而來；以文會友

成語 門庭若市 / 門可羅雀；高朋滿座 / 孤家寡人

成語 形影不離 / 貌合神離

慣用語

來而不往非禮也；他鄉遇故知；君子之交淡如水；門前冷落車馬稀；千里送鵝毛，禮輕情意重

拜會

- 探訪；訪問，走訪；過訪，造訪；
  拜見，拜訪；拜望，拜謁；回訪，回拜
- 進見；晉見；約見；接見；召見；求見
- 會見，會面；會晤，晤面

迎接

- 出迎；歡迎；專候；
  靜候；恭候，敬候

成語 倒屣相迎

送別

- 送客，歡送；送別，
  送行；惜別，握別
- 餞行，餞別；話別，
  敍別

迎送用語

- 光臨，蒞臨，駕臨，惠臨，
  有請；失迎，久仰，久違
- 保重，珍重，珍攝；失陪，
  拜辭，留步；回見，再見，
  再會；後會有期

交往

賓主

- 客人；人客；來客；陪客；賓客；座上客
- 來賓；上賓；貴賓；嘉賓；國賓；外賓；男賓；女賓
- 生客；熟客；稀客；遠客
- 主人；主人公；主人翁
- 東道；東道主；地主

成語 賓至如歸；不速之客

成語 有失遠迎；虛席（位）以待；蓬篳生輝

問候

- 問好；問候；問安；請安
- 招呼；打招呼

禮節

- 行禮，施禮；敬禮，致敬；握手；拱手；作揖；鞠躬；叩頭，磕頭；叩拜
- 禮貌，禮數；還禮；答禮；回禮
- 感謝；道謝；致謝；稱謝；鳴謝；答謝，報答；酬謝
- 謝謝，多謝；感激；心領，領情；勞駕；叨光，借光；託福；承蒙
- 抱歉；抱愧；失禮；對不住；對不起

成語 不卑不亢；甘拜下風

慣用語

恭敬不如從命

招待

- 接待；款待；厚待；優待；禮遇；厚遇；慢待；薄待；虧待；苛待；怠慢
- 冷淡；冷落；冷眼
- 周到；熱情；殷勤；好客 / 謝客
- 失禮；失敬；失態

成語 禮賢下士，敬若上賓；彬彬有禮，以禮相待

成語 問寒問暖，噓寒問暖；不分彼此 / 六親不認

約會

- 約請；約見；相約
- 邀請；邀約
- 相會；聚會
- 赴約；失約；爽約

慣用語

有緣千里來相會

約定

- 訂立；訂約；預約；簽約；預訂；預定
- 守信；履約
- 解約；背約；違約；毀約

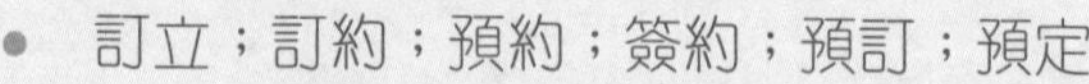

成語 一言為定

承諾

- 答應；同意；認可；認同
- 允諾；許諾；應諾，應承
- 說定；講定；作數，算數；
  證明；保證；確保；證實
- 失信；食言；背信

成語 一諾千金；言而有信；
一言既出，駟馬難追

成語 自食其言；言而無信；背信棄義

慣用語

言必信，行必果；
君子一言，快馬一鞭

詩詞

月上柳梢頭，人約黃昏後。

（宋朝歐陽修《生查子》）

三杯吐然諾，五嶽倒為輕。

（唐朝李白《俠客行》）

幫助

援助

- 扶助；捐助；資助；贊助；扶持；支援，支持
- 救援；救助；救濟；接濟；施捨

成語 成人之美，助人為樂；雪中送炭，慷慨解囊；有求必應，樂善好施

成語 落井下石，過河拆橋；乘人之危，趁火打劫；以強凌弱，以怨報德

協助

- 互助；幫忙；輔助

成語 出手相助；拔刀相助

慣用語

一個好漢三個幫

詩詞

昨夜松邊醉倒，問松我醉何如？
只疑松動要來扶，以手推松曰“去”！

（宋朝辛棄疾《西江月 • 遣興》）

- 貴人；恩人；恩公
- 成全

成語 兩肋插刀

成語 越俎代庖

法律

文書

- 法律；法令；條例；法規；法典；法則；法制；法紀
- 法理；法統；法學
- 簽訂；簽署；簽證
- 權利；權威；權益
- 結局，結果；後果；影響，效果；功效，功用

報案

- 報警；報失
- 檢控；檢舉；舉報

更多聯想

- 起訴；應訴；訴訟；公訴
- 立案；偵查；逮捕；傳喚；審判；判決
- 嫌犯；證人；律師；被告 / 原告；被害人；法官；法警；陪審團
- 作證；指認
- 物證；人證；證詞；偽證
- 法權；法人

貴/賤

昂貴

- 名貴；貴重；昂貴
- 寶貴；珍貴；可貴
- 奢侈
- 有錢

成語　入不敷出 / 豐衣足食

便宜

- 低廉；划算
- 節省；節約
- 儉樸；樸素
- 折扣；打折；返利；減價

財富

財產

- 金錢；錢財；財物；
  財產；財寶；財力
- 家產；私產；積蓄

成語 傾家蕩產 / 發家致富

資本

- 資金；資產；本金；本錢
- 利潤；盈利；純利；暴利
- 利息；年息；定息
- 債；欠債；人情債
- 剝削；掠奪

成語 財大氣粗 / 人窮志短；財運亨通；
愛財如命 / 揮金如土；富可敵國 / 一貧如洗

成語 債台高築

貨幣

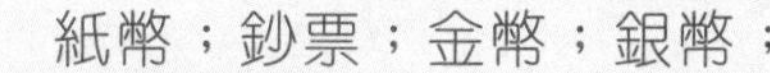

- 紙幣；鈔票；金幣；銀幣；硬幣；輔幣
- 外幣
- 零錢；零用

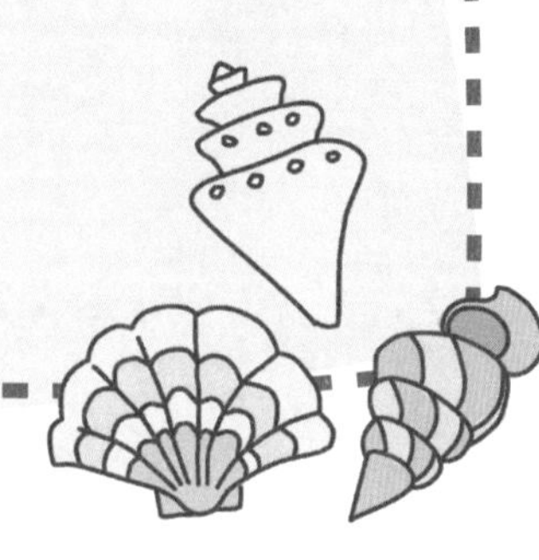

薪酬

- 薪金；薪俸；工資；工錢；月薪；津貼
- 報酬；酬勞

__________只是身外物，不要做______的奴隸。如果有一定________，多點幫助別人。

支付

- 款項；現款；現金；現鈔；公帑
- 商借；籌措；借款；貸款；抵押

慈善

- 社工；義工
- 公益，福利
- 善款；基金

成語 日行一善；日積一德

慣用語

勿以善小而不為，
勿以惡小而為之

貧 富

- 清苦；清寒；寒苦；窮苦
- 清貧；赤貧；貧窮
- 富足；富有；富貴
- 豐足；豐裕；豐盈；豐厚
- 充裕；寬裕

成語 財大氣粗；財運亨通；愛財如命；揮金如土；腰纏萬貫 / 一文不值；富可敵國；豐衣足食

人窮志不窮；

一文錢難倒英雄漢；

窮居鬧市無人問，富在深山有遠親

視覺

看

- 見；視；觀；覽；睹；顧；窺；望；眺
- 看見；看清；看穿；看破；看透
- 查看；察看；觀看；偷看；考察
- 看望；看護
- 看人眼色；看人白眼；看人臉色

成語 看風使舵；看破紅塵

慣用語 不看僧面看佛面

見

慣用語 耳聞不如目見

- 見面；望見；窺見
- 遠見；高見 / 淺見；拙見；偏見

成語 見怪不怪；見異思遷；見錢眼開；先見之明；遠見卓識

視

- 正視；注視；凝視；審視；環視；俯視；仰視；窺視
- 視察
- 視線；視野

成語 視而不見；怒目而視；虎視眈眈；視死如歸

觀

- 觀看；觀測；觀察
- 參觀；觀光；觀賞
- 美觀；壯觀；奇觀
- 圍觀

成語 察言觀色

視覺

覽

- 泛覽；瀏覽；飽覽；博覽；觀覽；綜覽
- 展覽
- 遊覽
- 俯覽 / 仰望

成語 一覽無餘

睹

- 目睹

成語 有目共睹；耳聞目睹；熟視無睹；慘不忍睹；睹物思人

窺

- 窺見；窺視；窺探；偷窺

慣用語：顧左右而言他

- 四顧；環顧；回顧
- 光顧；看顧

成語 左顧右盼；義無反顧；後顧之憂；瞻前顧後；顧名思義；三顧茅廬；顧影自憐

- 眺望；遠眺

望

- 望見；瞻望；遠望；瞭望；遙望；展望；在望
- 觀望；探望；張望

成語 東張西望；一望無際；望而卻步；望而生畏；望風而逃

嗅覺

氣味

- 氣息；香味兒；臭味兒；異味兒；怪味兒
- 嗅；聞
- 強烈；濃烈；刺鼻

成語 乳臭未乾

香

- 芳香；芬芳；清香；幽香；異香；奇香；淡香；濃香；馨香
- 香花；香火；香客；燒香
- 香煙

成語 芳香撲鼻；沁人心脾；清香四溢

疊詞 香噴噴；香馥馥；香撲撲

詩詞

零落成泥碾作塵，
只有香如故。

（宋朝陸游《卜算子‧咏梅》）

腥

- 腥氣；腥臊；腥臭；羶腥；魚腥
- 葷腥
- 血腥

成語 血雨腥風

臭

- 口臭；汗臭；狐臭；腋臭

成語 臭不可聞；臭氣熏天

疊詞 臭烘烘；臭熏熏

味覺

味覺

- 味道；美味；口味；滋味；餘味；回味；風味
- 鮮味；腥味；苦味；寡味；異味；鮮美
- 五味；調味；入味
- 海味；野味；臘味

成語 美味佳餚；回味無窮

慣用語

回味有餘甘；食之無味，棄之可惜；甜酸苦辣鹹，五味俱全

前往第171頁瀏覽更多詞語

口感

- 生，熟；嫩，老
- 鮮；甜；酸；苦；麻，辣；鹹；香甜；可口；鮮美
- 爛；酥，脆
- 淡／濃；油；膩
- 醇

疊詞 甜絲絲；酸溜溜；麻酥酥；辣乎乎；油膩膩；鹹津津；脆生生；乾乾脆脆

聽覺

聽

- 聽覺；幻聽；弱聽；失聰
- 靈敏 / 不靈、遲鈍、受損、失調
- 助聽器
- 聆聽；傾聽；聽說

成語 耳熟能詳；耳聰目明；耳濡目染

聲

- 雜音；噪音；高音；低音；無聲；靜音
- 雨聲；雷聲；歌聲；琴聲；笛聲；鼓聲；風聲；讀書聲；鳥啼聲；蟲聲；蛙聲；雞叫聲；虎嘯；龍吟；回聲；哭聲；笑聲；鼾聲；叫聲；呼聲；嗚聲；汽笛聲；喇叭聲；槍聲；炮聲
- 聲望；聲稱；聲調；聲響；聲譽
- 悅耳；嘹亮；悠揚；動聽；尖銳；渾厚；低沉；高亢；鏗鏘；天籟之音

成語 抑揚頓挫

成語 掩耳盜鈴

成語 輕言細語

詩詞

好雨知時節，當春乃發生。
隨風潛入夜，潤物細無聲。

（唐朝杜甫《春夜喜雨》）

觸覺

感覺

- 觸覺；視覺；色覺；聽覺；味覺；嗅覺；痛覺；膚覺；溫覺，冷覺；平衡覺
- 知覺；直覺；錯覺；幻覺

動作

- 碰；磕；撞
- 杵；戳；捅；扎；穿；刺

疊詞 磕磕碰碰；跌跌撞撞

別來春半，觸目愁腸斷。

（五代南唐李煜《清平樂》）

穿花蛺蝶深深見，點水蜻蜓款款飛。

（唐朝杜甫《曲江二首》）

水穿盤石透，藤繫古松生。

（唐朝王維《春過賀遂員外藥園》）

- 觸角；觸手
- 觸電；觸礁
- 抵觸；觸犯；觸怒；觸摸；觸動；接觸

成語 一觸即發；觸景生情；觸類旁通；觸目驚心

感覺

感官

- 視覺；聽覺；嗅覺；味覺；觸覺；手感
- 幻覺；錯覺
- 察覺

成語 人山人海，稠人廣眾；摩肩接踵，
項背相望；冠蓋如雲，車水馬龍；
絡繹不絕，紛至沓來；川流不息，
水洩不通；熙熙攘攘，熙來攘往

感受

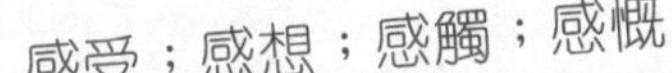

- 感受；感想；感觸；感慨
- 好感；反感；惡感；快感；美感；預感；同感；痛感
- 觀感；雜感；自豪感；自卑感；優越感

激動

- 狂熱；陶醉；迷糊；着迷；瘋狂
- 打動；掀起；鼓動；激發；喝彩；歡呼；吶喊；澎湃

成語 百感交集；感人肺腑；感激涕零

感覺

反應

- 敏捷，靈敏；伶俐；機靈；機警；敏感；敏銳；神經過敏；靈機一動
- 笨拙；遲鈍；麻木；蠢笨

成語 一望無際；耳聰目明；流芳百世；回味無窮；觸類旁通；想入非非；似是而非；薄如蟬翼

成語 麻木不仁；笨嘴拙舌；笨鳥先飛

疊詞 笨頭笨腦；笨手笨腳；木頭木腦；呆頭呆腦；傻頭傻腦；蠢頭蠢腦

感動

- 感恩；感激；感謝
- 感觸；感慨；感歎
- 感到；感染；感奮；感悟；感應
- 動人；感人
- 熱淚；無語；哽咽；心動；心跳

成語 真情實感；感同身受；
多愁善感；觸景生情

詩詞

念天地之悠悠，獨愴然而涕下。

（唐朝陳子昂《登幽州台歌》）

感時花濺淚，恨別鳥驚心。

（唐朝杜甫《春望》）

舒適

困苦

- 辛苦，辛勞；清苦，艱苦；艱難，艱辛
- 貧苦，窮苦；疾苦，苦難
- 勞苦，勞碌；勞累，勞頓
- 受罪，遭罪

慣用語　苦海無邊，回頭是岸

成語　一飽眼福；坐享清福；洪福齊天

成語　水深火熱，飢寒交迫；多災多難，雪上加霜

成語　飽經風霜，歷盡艱辛；風塵僕僕，風餐露宿

成語　千辛萬苦，辛辛苦苦；含辛茹苦，心力交瘁

前往第160頁瀏覽更多詞語

舒服

- 舒心，舒暢；舒坦，舒展
- 安適，恬適；安逸，安樂
- 愜意，寫意；適意，自在

成語 居安思危

疊詞 安安穩穩

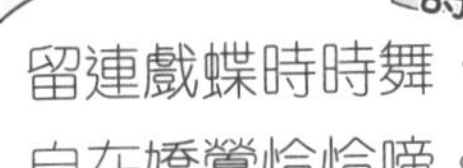

留連戲蝶時時舞，
自在嬌鶯恰恰啼。
（唐朝杜甫《江畔獨步尋花》）

享受

- 享用，安享；享樂，消受；享福，納福
- 口福；眼福；清福

成語 安居樂業；養尊處優，優遊歲月；
心曠神怡，賞心悅目

疊詞 甜絲絲；美滋滋；樂融融

慣用語

身在福中不知福；
生於憂患，死於安樂

表情

面 容

- 面色，臉色；顏色，眼色；神色，神情；神采，神態；模樣，樣子
- 愧色，慚色；懼色 / 得色
- 疲態；病態
- 笑容 / 怒容；愁容；病容

成語 和顏悅色；愁容滿面；面不改色 / 面紅耳赤；面有愧色 / 面有得色；滿面春風 / 愁眉苦臉；萎靡不振 / 精神抖擻

成語 眉飛色舞 / 茫然若失；愁眉不展 / 笑逐顏開；眉開眼笑 / 淚如雨下；痛哭流涕 / 破涕為笑

情態

- 暗笑；含笑；微笑；歡笑；傻笑；冷笑；奸笑
- 哭泣；痛哭；啼哭；發呆，發愣；發怒；發愁；哀歎；長歎；撒嬌；感慨；感動；感激；激動
- 生氣；高興，興奮；悲哀；傷感；痛苦；羞澀；害羞；靦腆；做作
- 表露；流露

疊詞 哭哭啼啼

成語 興高采烈；自鳴得意 / 垂頭喪氣；神采飛揚 / 呆若木雞；悲痛欲絕 / 心花怒放；暴跳如雷；矯揉造作 / 自然而然；裝腔作勢；正經八百；喜怒哀樂；嬉笑怒罵

成語 含情脈脈，柔情蜜意；長吁短歎，唉聲歎氣

感情

情感

- 心情，心事；心思，情思；心緒，情緒；心懷，情懷；心意，情意
- 衷情，衷腸；深情，厚意；温情，柔情；熱情，激情
- 親情；友情；情義，情誼；恩情；盛情
- 虔誠；真摯；奔放；衝動；含蓄
- 隱情；隱衷

成語 深情厚誼；情深似海；恩重如山；心潮澎湃；熱情似火；盛情難卻；

成語 心事重重；有口難言；如鯁在喉；無動於衷

情趣

- 樂趣；興趣
- 情調；情致；意味；意趣；韻味；韻致；風味；風致
- 興致

成語 興致勃勃

驚

- 震驚；吃驚；驚異；驚訝；驚惶；驚駭；緊張；驚慌；慌張；恐怖；害怕
- 驚醒；驚歎；驚奇
- 冷靜；沉着；鎮定

成語 憂心忡忡，憂心如焚；憂國憂民；杞人憂天；高枕無憂 / 內憂外患

成語 驚慌失措；手足無措；驚魂不定

感情

怒

• 怒氣，怒火；火氣 / 肝氣；惱怒，惱火；氣惱，氣憤；憤怒，憤慨；盛怒，狂怒；大怒，震怒

成語 惱羞成怒，老羞成怒；義憤填膺，義憤填胸；勃然大怒，大發雷霆；怒火中燒，怒不可遏；大動肝火；眾怒難犯

成語 拍案而起；拂袖而去；怒髮衝冠；七竅生煙

疊詞 怒沖沖，氣沖沖

慣用語

忍一句，息一怒，
饒一着，退一步；
退一步，海闊天空

喜

- 快樂，快活；高興，開心；愉快，愉悅；歡快，歡樂；歡欣，歡暢，歡喜；喜悅，欣喜；驚喜，狂喜，雀躍
- 樂觀，達觀 / 悲觀；開朗；豁達；爽朗

成語 知足常樂，自得其樂；豁達大度；心曠神怡

成語 樂不思蜀；樂極忘形；樂而忘返

疊詞 甜蜜蜜，甜絲絲；樂呵呵，樂滋滋；喜洋洋，喜孜孜

詩詞

劍外忽傳收薊北，初聞涕淚滿衣裳。
卻看妻子愁何在，漫捲詩書喜欲狂。
白日放歌須縱酒，青春作伴好還鄉。
即從巴峽穿巫峽，便下襄陽向洛陽。

（唐朝杜甫《聞官軍收河南河北》）

感情

哀

- 悲哀，悲傷；悲痛，悲慟；悲苦，悲辛
- 哀傷，哀痛；苦痛，苦澀；慘痛，沉痛
- 淒惻，悽愴；淒涼，淒慘
- 潦倒；狼狽；倒霉；難堪；可憐

成語 喜怒哀樂；歡天喜地，樂不可支；
喜不自禁，喜氣洋洋；悲喜交集，驚喜交加

成語 淚如雨下，潸然淚下；捶胸頓足，呼天搶地

詩詞

慈烏失其母，啞啞吐哀音。晝夜不飛去，經年守故林。
夜夜夜半啼，聞者為沾襟。聲中如告訴，未盡反哺心。

（唐朝白居易《慈烏夜啼》）

時間 度量 狀態 形狀．形態 自然 動物 植物

憂愁

- 憂心，擔憂；憂慮，憂愁；憂苦，憂悶；憂鬱；憂傷，憂慼；憂思，愁思；內憂，隱憂
- 愁悶，愁苦；哀愁，悲愁；愁腸，愁懷；愁容，愁緒；離愁；閒愁
- 多慮，過慮

成語 悲痛欲絕，肝腸寸斷；心如刀割，如喪考妣；心灰意冷，萬念俱灰

成語 多愁善感；千愁萬恨，日坐愁城；借酒澆愁，消愁解悶

詩詞

汴水流，泗水流。
流到瓜洲古渡頭，吳山點點愁。
思悠悠，恨悠悠。
恨到歸時方始休，月明人倚樓。

（唐朝白居易《長相思》）

愛情

- 戀愛；相愛；情愛；相思
- 癡情；鍾情；傾心；多情；柔情；溫情；薄情；盲目
- 求愛；初戀；熱戀；失戀
- 無情；薄情

成語 兩小無猜；一見鍾情；一往情深；海誓山盟

成語 喜新厭舊

慣用語
情人眼裏出西施

前往第190頁瀏覽更多詞語

敬愛

- 親愛；愛戴；熱愛

成語 尊老愛幼

疼愛

- 心愛；疼愛
- 寵愛；溺愛；偏愛
- 憐愛；憐惜

成語 嬌生慣養；老牛舐犢

愛好

- 愛好；喜歡；喜好；喜愛；熱中；鍾愛
- 癖好；潔癖；怪癖
- 游泳；遠足；讀書；上網

成語 嗜酒如命；積習難改

愛惜

- 愛惜；珍愛；珍惜；看重
- 生命；花草；財物

成語 惜墨如金；惜老憐貧

成語 愛不釋手；敝帚自珍；潔身自好

慣用語

一寸光陰一寸金，寸金難買寸光陰

愛護

- 愛護；保護；維護；護衞；護持；護從；護理；護祐
- 身體；草木；公物

成語 護路；護林；護巖；護坡

成語 護航；護城

成語 護身符

成語 官官相護

憎恨

- 憎恨；記恨；惱恨；怨恨；懷恨；憤恨；嫉恨
- 仇恨；仇視
- 眼中釘；肉中刺

成語 面目可憎；深惡痛絕

成語 不共戴天；反目成仇；新仇舊恨

討厭

- 厭惡；厭煩；厭倦；厭棄
- 憎惡；嫌棄；唾棄；作嘔
- 無趣；無味
- 厭食；厭世；厭戰

表露/隱瞞

流露

- 透露；披露；洩露
- 顯露；暴露；揭露；露出
- 洩漏

成語 咬牙切齒；恨之入骨；恨入骨髓

成語 暴露無遺

詩詞

別有幽愁暗恨生，此時無聲勝有聲。

（唐朝白居易《琵琶行》）

顯示

- 表示；顯出；反映；
  顯現；浮現；展現；體現
- 預兆
- 預料；預測

成語 開誠佈公

掩藏

- 遮掩；遮蓋；遮蔽；遮羞
- 掩飾；粉飾

成語 粉飾太平

成語 掩耳盜鈴；不露聲色；藏頭露尾；
諱莫如深；文過飾非 / 聞過則喜

願望

願、望

- 心願；意願；遺願；志願；宏願
- 甘願；情願；寧願
- 許願；如願；還願
- 希望；盼望；渴望；期望，期待；熱望；想望；指望
- 奢望；無望；失望；絕望

成語 一廂情願，兩相情願；心甘情願

成語 大喜過望；望子成龍

成語 大喜過望 / 大失所望；喜出望外

信仰

- 信奉；信念；信用
- 習俗

成語 眾望所歸；不負眾望，不孚眾望

詩詞

此時相望不相聞，願逐月華流照君。

（唐朝張若虛《春江花月夜》）

但願人長久，千里共嬋娟。

（宋朝蘇軾《水調歌頭》）

相恨不如潮有信，相思始覺海非深。

（唐朝白居易《浪淘沙》）

安心

踏實

- 平靜；寧靜；鎮靜
- 定心；放心
- 坦然
- 滿足；滿意

成語 無牽無掛，無憂無慮；不慌不忙，從容不迫；若無其事，處之泰然；談笑自若，泰然自若；寵辱不驚，滿不在乎

慣用語

無官一身輕；

為人不做虧心事，半夜敲門心不驚

焦躁

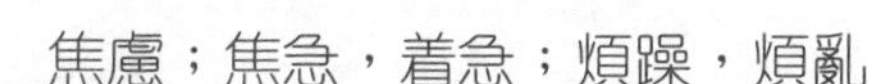

- 焦慮；焦急，着急；煩躁，煩亂
- 煩心，煩惱；焦心，擔心；牽掛
- 疑惑

成語 忐忑不安，惴惴不安；心事忡忡，憂心忡忡；火燒火燎，心急如焚；坐卧不寧，如坐針氈；抓耳撓腮，一籌莫展

心態、心情

- 心境；心聲
- 妒忌，嫉妒；羨慕；平和；淡泊；可惜；無奈
- 難過，難受；傷心；悲憤
- 悼念；哀悼；敬仰，景仰；敬愛；愛慕

成語 人無遠慮，必有近憂

孤單

- 孤零；孤苦；孤寡；孤身；隻身
- 孤兒；遺孤；孤兒寡母
- 孤立；孤僻；孤高；孤傲

成語 孤軍作戰，孤掌難鳴

成語 離羣索居，顧影自憐；形單影隻，形影相弔

疊詞 孤單單，孤零零；孤孤單單，孤孤零零

詩詞

煢煢孑立，形影相弔。

（晉代李密《陳情表》）

寂寞

- 孤寂，寂寥；落寞，冷寂；冷清，冷落
- 淒冷，淒清

成語 孤苦伶仃，舉目無親；孑然一身，
孤家寡人；無依無靠，孤立無援

疊詞 空落落；冷清清；冷冷清清，冷冷落落

詩詞

寂寞梧桐，深院鎖清秋。

（五代南唐李煜《相見歡》）

兩岸青山相對出，孤帆一片日邊來。

（唐朝李白《望天門山》）

- 寂然；沉寂；枯寂；寂靜

成語 萬籟俱寂

成語 孤芳自賞；孤高不羣；孤家寡人；
孤苦伶仃；孤掌難鳴；孤立無援

記得/忘記

記得

- 思念；掛念；惦記；記憶；難忘；懷念
- 關心；操心；關懷；關切；關注；着想；慰問
- 認得；識別；認識；辨認；確認
- 記憶；記性

成語 世態炎涼；人情冷暖

忘 記

- 淡忘；遺忘；忘卻；忘懷；忘掉
- 忘情；忘形；忘我
- 忽略；忽視

成語 公而忘私

詩詞

記得綠羅裙，處處憐芳草。

（五代牛希濟《生查子》）

十年生死兩茫茫，不思量，自難忘。

（宋朝蘇軾《江城子》）

- 忘性；忘川；忘憂草；勿忘我
- 記仇；記恨
- 記念；記掛；記取；記認；記誦

成語 忘恩負義；忘乎所以

成語 記憶猶新

才能

學問

- 才華，才智
- 學識，知識；見識，見聞；
  博學，精深；淵博，廣博
- 見解，見地；看法，眼光；
  創見，創意；思想，觀點
- 學術；學說

成語 見多識廣，博古通今；滿腹經綸，學富五車；
博大精深，博學多聞；登峰造極，爐火純青

成語 一家之言，獨到之見；切磋琢磨，取長補短

成語 循序漸進；溫故知新

慣用語
如切如磋，
如琢如磨

智力

- 智慧，智商；智謀，計謀
- 聰敏，聰慧；明慧，明智；聰穎，穎慧；精明，睿智
- 天才，天分；天資，天賦；資質，稟賦

成語 一目十行，聞一知十；天資聰明，博聞強識；耳聰目明，秀外慧中；思如泉湧，不假思索；過目不忘，過目成誦；舉一反三，才思敏捷

成語 大智若愚，大巧若拙；足智多謀，多謀善斷；先見之明，未卜先知；明察秋毫，見微知著；老謀深算，高瞻遠矚

才能

愚蠢

- 笨拙，蠢笨；癡呆，呆笨；愚昧，遲鈍；愚拙，愚笨；愚魯，魯鈍
- 無知

成語 坐井觀天，井底之蛙

成語 一知半解；一竅不通

慣用語 天下本無事，庸人自擾之

無能

- 無能，低能；草包，飯桶
- 昏庸，昏聵；蒙昧，懵懂；糊塗

成語 目不識丁，胸無點墨；呆若木雞，癡頭呆腦；笨頭笨腦，傻頭傻腦；庸人自擾，孤陋寡聞；愚不可及，愚昧無知

成語 昏庸無能，昏聵無能；糊裏糊塗，稀裏糊塗；目光短淺；有眼無珠；庸庸碌碌；碌碌無為；黔驢技窮；有勇無謀

成語 不學無術；胸無大志；才疏學淺

疊詞 迷迷糊糊；懵懵懂懂

慣用語 成事不足，敗事有餘

能力

- 才能，才幹；才學，才識；全才，通才；幹才；奇才；本事，本領；身手，能耐；技藝，技能；絕技，絕招；特長，專長；口才，辯才；口齒；潛能；魅力；潛力；毅力
- 領悟；領略；精通；勝任
- 精明，精幹；練達，老練；能幹，幹練
- 出色；傑出；卓越
- 能手；精英；豪傑；賢能

成語 才思敏捷，才氣過人；才高八斗，才華橫溢

成語 多才多藝，文武雙全；精明強幹，機智勇敢

成語 口若懸河，出口成章；天花亂墜，娓娓動聽；巧舌如簧，伶牙俐齒；對答如流，言必有中；能言善辯，頭頭是道

成語 雄才大略，膽識過人；國家棟樑，經天緯地；大有作為，大展宏圖

慣用語

三寸不爛之舌

行為

- 舉止；表現；言行；德行；行事
- 作為；行動；舉動；舉措
- 行跡；行徑
- 適合；適宜；適當；合適；妥善；妥當

成語 一無是處，一無所長；一事無成，無所作為；一籌莫展；不稂不莠，不堪造就；眼高手低，酒囊飯袋

成語 躡手躡腳；挺身而出

好與壞的行為

- 創舉；壯舉
- 義舉，善舉；善事，善行；好事
- 惡行；暴行；獸行；罪行

成語 所作所為；言談舉止

成語 為國捐軀；為民除害

成語 罪惡滔天；胡作非為；鬼鬼祟祟；鋌而走險；出言不遜；放蕩不羈；大吹大擂；舉止失措

更多聯想

- 行刺；行賄；行劫；行兇；行醫

成語 言行一致 / 言行不一；言出必行

成語 行若無事；行色匆匆；行蹤不定

專心/認真

用心

- 在心，在意；潛心；悉心
- 專一，專注；傾注，凝神

馬虎

- 大意，粗心；疏忽，疏漏；鬆懈
- 敷衍，塞責；含糊，草率；潦草
- 粗疏，粗率；粗淺，粗略

成語 浮皮潦草，粗枝大葉；滿不在乎，
掉以輕心；敷衍塞責，虛應故事

疊詞 馬馬虎虎；草草，草草了事

成語 馬虎大意，粗心大意；三心二意，
麻痹大意；心不在焉，神思恍惚；
丟三落四，漫不經心；毛手毛腳，毛頭毛腦

細心

- 仔細，細緻；細密，周密；細微；細膩
- 縝密，綿密；精心，精細；精審，精到

成語 三思而行，思前想後；字斟句酌，條分縷析；深思熟慮；冥思苦想；絞盡腦汁，殫思竭慮；事無巨細；細緻入微

疊詞 仔仔細細，詳詳細細

認真

- 負責
- 嚴肅；嚴格，嚴謹；嚴密，嚴守；謹慎；審慎
- 鄭重；慎重；隆重

成語 一絲不苟，兢兢業業；小心翼翼，小心謹慎；去偽存真；精益求精

成語 一心一意，全心全意；專心致志，心無二用；聚精會神，全神貫注

慣用語 一是一，二是二；丁是丁，卯是卯

善/惡

善良

- 仁愛，仁慈；慈祥，慈愛；慈悲
- 和善 / 兇殘；溫和 / 粗野；和氣 / 粗暴；溫良 / 狠毒；天真；友善；友愛；友誼
- 好心 / 壞心；善意 / 惡意；善心；心地善良

成語 從善如流 / 助紂為虐；
嫉惡如仇 / 作奸犯科

器量

- 寬容，寬恕；寬宏，寬厚
- 包容 / 狹隘

成語 慈眉善目；心慈面軟 / 心狠手辣；仁至義盡 / 尖酸刻薄

成語 寬宏大量 / 豁達大度

慣用語

宰相肚裏能撐船

忠厚

- 老實 / 奸詐；誠實 / 狡詐；實在 / 狡猾；忠實 / 奸猾；信實
- 純厚；淳厚 / 澆薄；厚道 / 刻薄；敦厚 / 尖刻
- 純樸

成語 樸實無華 / 老奸巨猾

善/惡

殘忍

- 殘忍；殘酷；兇殘；殘暴；凶狠；狠毒
- 殘害；虐待；殘殺

惡行

- 嘲笑；取笑；作弄；欺負；侮辱；排斥；歧視
- 偷渡；勾結；屠殺；擄掠；受賄；違法；賄賂；貪污；敲詐
- 腐敗 / 廉潔；腐朽；奢侈；墮落
- 狗仗人勢；小人得志；為虎作倀

奸險

- 奸詐 / 老實；狡詐 / 誠實；狡猾 / 實在；奸猾 / 忠實
- 虛偽
- 邪惡

成語 表裏如一 / 口是心非；推心置腹 / 口蜜腹劍；以誠相待 / 言不由衷

成語 詭計多端；陰謀詭計

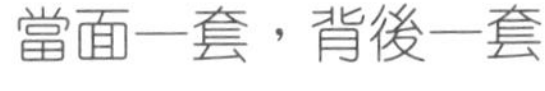

- 儉樸；樸素；節儉；整潔；潔淨
- 模範；擅長

堅強/軟弱

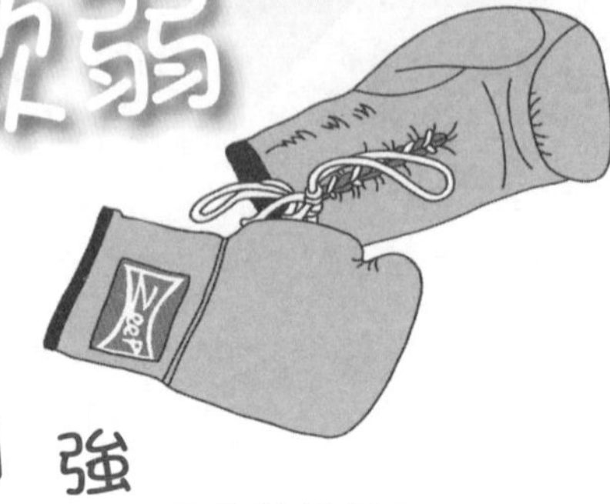

剛強

- 剛正，剛直；剛勁，剛烈；剛毅
- 頑強，強硬；倔強，強項

成語 堅強不屈，堅貞不屈；不屈不撓，百折不撓；寧死不屈，百煉成鋼

堅定

- 堅決；堅持，堅守；堅忍，堅韌；堅毅
- 堅貞

成語 持之以恆，鍥而不捨；堅定不移，堅定不渝；堅持不懈，堅忍不拔；磨杵成針；精衛填海

成語 堅信不疑，堅持己見

勇敢

- 大膽，斗膽
- 英勇，勇猛；無畏，驍勇；
  強悍，剽悍

成語 出生入死，捨生忘死；身先士卒，奮不顧身；視死如歸，勇往直前；赴湯蹈火，臨危不懼；粉身碎骨，前仆後繼

成語 一身是膽，無所畏懼；敢作敢為，敢作敢當

慣用語

天不怕，地不怕

詩詞

千錘萬鑿出深山，烈火焚燒若等閒。
粉身碎骨渾不怕，要留清白在人間。

（明代于謙《石灰吟》）

堅強/軟弱

果斷

● 果決，果敢；決然，
毅然；決斷，斷然

成語 當機立斷，斬釘截鐵；
毅然決然，乾脆利落

快刀斬亂麻；
當斷不斷，反受其亂

軟弱

- 膽小，窩囊；怯懦，膽怯
- 柔弱，懦弱；虛弱，衰弱；脆弱，薄弱

成語 膽小怕事，膽小如鼠；貪生怕死，苟且偷安；唯唯諾諾，畏首畏尾

成語 嬌生慣養；弱不禁風，弱不勝衣；不堪一擊 / 無懈可擊；勢單力薄

慣用語 前怕狼，後怕虎

他深明＿＿＿＿＿＿＿（慣用語）的道理，所以做事＿＿＿＿，能夠＿＿＿＿＿＿＿（成語），處事＿＿＿＿＿＿（成語），但有些人怪他說話＿＿＿＿＿＿＿＿（成語）。

勤奮/懶惰

勤勞

- 手勤，辛勤；刻苦，勞苦
- 勤快，勤勉；勤儉，勤苦；勤懇，勤謹

成語 將勤補拙，勤能補拙；勤學苦練；勤工儉學

成語 不辭勞苦，任勞任怨；克勤克儉；身體力行；吃苦耐勞

疊詞 勤勤懇懇，勤勤快快

慣用語

一分耕耘，一分收穫

詩詞

鋤禾日當午，汗滴禾下土。
誰知盤中餐，粒粒皆辛苦。
（唐朝李紳《憫農》）

發奮

- 奮鬥，奮勉

成語 笨鳥先飛

成語 發憤忘食，發憤圖強；
廢寢忘食；日以繼夜；
鍥而不捨，精衞填海，愚公移山

懶惰

- 懶散，懶怠；懈怠，怠惰；
偷懶，疏懶
- 鬆懈，鬆散
- 懶蟲；懶漢；懶鬼；懶骨頭

疊詞 懶洋洋；鬆垮垮

成語 好逸惡勞，好吃懶做；
遊手好閒，無所事事

慣用語
飽食終日，無所用心；
衣來伸手，飯來張口

誠信

欺騙

- 哄騙；蒙騙；詐騙；誘騙；欺詐；欺瞞；迷惑

成語 爾虞我詐；自欺欺人

成語 別有用心；老奸巨猾；弄虛作假；詭計多端

成語 掩人耳目；欺上瞞下；瞞天過海；偷天換日

慣用語 掛羊頭，賣狗肉；說一套，做一套

時間 度量 狀態 形狀·形態 自然 動物 植物

誠 實

- 老實；信實
- 真心；真誠；至誠；誠摯，誠懇
- 規矩
- 態度；誠意

成語 心口如一，表裏如一；言行一致；童叟無欺

成語 真心實意，誠心誠意

疊詞 老老實實，規規矩矩；誠誠懇懇；遮遮掩掩；實實在在；踏踏實實，扎扎實實；真真假假，虛虛實實

慣用語

精誠所至，金石為開

誠信

忠誠

- 忠厚；忠實；忠直；忠貞
- 忠心／貳心；丹心；赤心
- 效忠；盡忠

成語 忠心耿耿；披肝瀝膽；赤膽忠心；為國捐軀

成語 忠貞不渝

慣用語

人之相知，
貴相知心

詩詞

三十功名塵與土，
八千里路雲和月。
（南宋岳飛《滿江紅》）

人生自古誰無死，
留取丹心照汗青。
（南宋文天祥《過零丁洋》）

忠厚

- 敦厚；厚道；寬厚；淳厚，純厚
- 樸實；質樸；淳樸；純樸
- 憨直

成語 忠厚老實；不念舊惡；以德報怨；息事寧人

不忠

- 貳心

成語 口是心非；口蜜腹劍，笑裏藏刀，綿裏藏針

成語 心術不正；陰謀詭計；陰險毒辣

成語 言行不一；心懷叵測；心懷鬼胎；包藏禍心；居心不良；賣友求榮

對/錯

對 錯

- 正確；過失；弊端
- 改正；謄正；修正
- 慚愧；歉意；懊悔；遺憾
- 道歉
- 處分，處罰

- 正直；正派；正當；正經；正氣；正規，規矩
- 邪氣；狡猾；奸詐
- 放蕩；越軌

慣用語 道高一尺，魔高一丈；身正不怕影子歪

成語 光明正大 / 鬼鬼祟祟；正顏厲色 / 和顏悅色；義正詞嚴 / 理屈詞窮；一本正經 / 油嘴滑舌；改邪歸正 / 怙惡不悛

疊詞 端端正正 / 歪歪斜斜

他性格＿＿＿＿＿，但奇怪地少跟作風＿＿＿＿＿的朋友來往，所以養成做事不守＿＿＿＿＿的惡習。

榮辱

羞恥

- 可恥；無恥；難看；難聽；醜惡
- 恥辱；屈辱；委屈；國恥；廉恥
- 丟臉；丟醜；出醜
- 羞慚；羞愧；慚愧
- 恥笑；羞辱；玷污

慣用語
不要臉；遮羞布；
羞恥之心人皆有之

成語 引以為恥；報仇雪恥；奇恥大辱；
不知羞恥；恬不知恥；寡廉鮮恥

成語 出乖露醜；當場出醜；醜態畢露

成語 羞與為伍

成語 厚顏無恥；卑鄙無恥；荒淫無恥

疊詞 羞答答；羞人答答

榮譽

- 有名；出名；知名；著名；顯赫
- 光榮；光彩；榮光；榮幸；榮耀
- 體面；面子
- 生色；爭光；增光
- 口碑

慣用語
名不見經傳；
盛名之下其實難副

成語 眾望所歸；德高望重；譽滿天下；
載譽而歸；衣錦榮歸；衣錦還鄉

成語 書香門第；大家閨秀；王公貴戚；凡夫俗子

成語 光耀後世；光宗耀祖；光前裕後

成語 名譽掃地；身敗名裂

成語 大名鼎鼎；赫赫有名；聲名顯赫；
如雷貫耳；久負盛名；名不虛傳；
名垂青史；無名小卒

包容

寬容

- 包容；包涵；容納
- 容忍；原諒；諒解；寬大；寬恕；開恩；留情；饒恕；體諒

成語 手下留情；既往不咎；網開一面

概括

- 綜合；總括；歸納

成語 包羅萬象；包藏禍心

時間 度量 狀態 形狀·形態 自然 動物 植物

包含

- 包括；包羅；包藏
- 涵蓋；覆蓋

成語 海量汪涵

苛求

- 強求；務求
- 嚴守；嚴禁
- 苛刻；苛待；嚴辦；嚴懲

成語 嚴懲不貸

慣用語 苛政猛於虎

指責

- 批評；指摘；責備；斥責
- 責難
- 抨擊；攻擊

敬佩

仰慕

- 嚮往，心儀；傾慕，
  欽慕；景仰，欽仰；久仰

信服

- 心服；口服；服氣，悅服；
  折服，歎服
- 讚佩，感佩；欽佩，敬佩
- 崇拜，拜服

成語 甘拜下風，五體投地

成語 心悅誠服，心服口服

敬重

- 推重，推崇；尊崇，崇尚
- 欽敬，崇敬；敬愛，敬仰

成語 畢恭畢敬，肅然起敬

成語 奉若神明 / 視如草芥；
推崇備至，頂禮膜拜；
人心所向，眾望所歸

輕視

- 小看，小視；輕蔑，白眼；
看不起，不足道
- 鄙視，蔑視；鄙棄，唾棄

成語 嗤之以鼻，不屑一顧；
視如敝屣，視如糞土

成語 不值一提，不在話下；
一文不值 / 一字千金

贊同/反對

贊同

- 肯定；支持；同意；首肯；認可；贊成；採納；許可；准許
- 歌頌；稱讚；讚美；讚賞；讚揚；讚歎；表揚；表彰；賞識
- 口碑

成語 一呼百應

反對

- 否定；否決；抗議
- 阻止；阻撓；阻礙；干涉；干擾；禁止；制止；阻擋；妨礙；打擾；抑制
- 阻力

成語 不以為然；不敢苟同

反其道而行之

時間 度量 狀態 形狀．形態 自然 動物 植物

反應

- 遵守；遵照；跟隨；服從；按照；貫徹；連貫；連接；延續；馴服；妥協；屈服；配合；奉命；尊重；團結
- 逃脫；擺脫；逃跑；逃避；避開
- 保存；保留；貯藏；保持；維持
- 掙扎；動搖；徘徊
- 違反；違背

- 認為；相信；確定；覺得；斷定；提倡；提議；擁護
- 主張；主意；心得；立場；意思；想法；幻想；想像
- 反省；沉思；覺悟；聯想；構想
- 矯正；糾正；變革；鞏固；遷就；適應；改良；改進

成語 曖昧不明；模棱兩可